當囂張王爺遇上唯一的剋星——禍水美人，
是美人會發揮她的禍水天賦，讓王爺慘遭傾家蕩產的命運，
還是王爺的光環能夠化解厄運，成功將美人抱回金屋疼呢？
夏衣
讓你笑到噴淚的精采力作～～

左芸

無厘頭搞笑出擊！

好男人？惡女人？

他從未想過自己會跟她有任何的牽扯，原因很簡單——
他跟她的個性完全不相同：他做事一板一眼，她卻是非常隨性；
他是個小有潔癖的新好男人，她卻喜歡在混亂的環境中過著散漫的生活；
這樣的兩個人，怎麼會有交集？！
可為了順從母親的心願，他只得與她維持短暫且虛假的交往。
原本他只打算點到為止，壓根沒想過要進一步去認識她，
卻沒想到愈是看到她的本性，他的心就愈被她給吸引……
好吧！既然對她已產生了興趣，那他就退一步，同意將她收編為正式女友，
誰知她竟逃之夭夭？！
這……像話嗎？
而更過分的是，他正痛苦的舔著傷口療傷，她卻又出現在他眼前懇求他的原諒，
不行！他非讓她知道他並非省油的燈，要他再接受她，她就得付出代價……

當個性南轅北轍、天差地遠的兩個人碰在一起——
一絲不苟的男人遇上隨性樂天的女人，
會激出什麼樣奇妙又有趣的愛情火花呢？

玫瑰吻 550

樓采凝

用最純粹的愛情，帶你找回最初的美好～～

「交易的新娘」之二～

兩億新娘

她，是他「買」來的新娘，也是曾經傷他至深的女人，
所以顯而易見的，
他會跟她結婚純粹就是一場交易、就是爲了要徹底的報。復。她！
很簡單的銀貨兩訖不是嗎？他出錢，而她出賣自己。
只是，爲什麼看到她開心的喝著花茶時，
他的手便不由自主的去拿她最愛的手工餅乾給她配；
爲什麼面對她辛苦煮出來的粥，即使味道可怕到他懷疑吃了就得去掛急診，
他還是面不改色的從容就義了……
怎。麼。會。這。樣？
他安排好要將她狠狠踩在腳底下蹂躪的橋段呢？
他計畫了要冷嘲熱諷讓她傷心含淚又不敢落下的情況呢？
誰來告訴他，他的復仇大計到底是哪個環節出問題了……

「交易的新娘」系列：
RK535 之一～《惡魔的午妻》

她一如既往的真心愛戀，他言不由衷的假意報復，
兩個本就相愛的人，在這場交易婚姻中，能否有個美好的完結？

樓采凝作品集：RK535《惡魔的午妻》 RK527《婚姻拉警報》 RK517《陌生的妻子》 RK511《假戲真做行不行？》 RK499《前夫真壞！》

龍吟文化
longyin.com.tw

不是禍水！

「什麼？你又訂婚了！了不起、了不起，現在居然還有女人肯嫁給你！」

這是他唯一的朋友對他的祝賀。

而他也很老實的告知，「昨天那家人已請人來說要退婚，我准了。」

「什麼?!又退了？你簡直是胡來嘛！」

這是他唯一的朋友對他的批判。

「他們深明大義，知曉自家的女兒連替我提鞋子都不配，我幹嘛不同意？」

背後的靠山很硬的他，完全不知道反省。

「人家是受不了你的脾氣吧？你找女人可不可以……別總是找長得相似的？」

這是他唯一的朋友給他的良心的建議。「你爲什麼不直接去對正主兒下手？」

這……也對，憑他這個嚇死人不償命的美貌王爺，當然要去會一會她，

只是再次見到她，當初吸引他的優點全都消失不見，

可他就是想把她給綁在身邊，難道她眞是個「禍水」……

玫瑰吻549

R O S E K I S S

傻傻惹人愛

喬軒 著

玫瑰吻 ⑤⑤②
道盡深陷情愛中男女糾葛的心酸與浪漫~~
七夕
龍吟文化
longyin.com.tw

不能惹到壞老闆

她真的不懂，她到底哪裡惹到這位冷酷的新老闆？

替他做牛做馬，每天加班加到爆肝，還要面對他的大臭臉，

看她的表情就像有仇，對她說的話字字句句比仙人掌還帶刺，

而他對別人都是斯文又有禮，唯獨對她無禮又過分，

若非她有著超強的忍耐力與好脾氣，早就Fire掉他這個壞老闆！

但她沒想到的是，公事上和他有交集就罷了，連私事都逃不過，

她被好友設計去相親，對象居然就是他！

仇人相親，分外眼紅，

管他是什麼多金聰明又優秀的黃金單身漢，她一點都不感興趣，

最好是趕緊吃完飯、趕緊閃人，

他卻像是突然對她感興趣，不但讚美她的美麗，還有意無意的挑逗她……

這男人心裡絕對有鬼！

雖然他不使壞時既迷人又電力十足，讓她差一點淪陷，

但她知道這是包了糖衣的毒藥，吃了一定會死翹翹……

自從遇到他之後，她便深刻的體會到——

惹熊惹虎，千萬不能惹到壞老闆！

可重點是，她根本不知道自己是哪裡惹到他啊……

楔子

這是一場完美的婚宴。

氣球，玫瑰，佳餚美饌與醉人的香檳。

空氣裡，飄浮著莫札特「費加洛婚禮」那洋溢著幸福氣息的輕快旋律。

在這充滿浪漫氣息的會場裡，如果她可以不必擔任介紹人的話，那就更完美了。貝怡文對自己嘆息道。

坐在女方主婚人身邊的貝怡文，一整晚都覺得不自在極了，先不說大家對這麼年輕的「介紹人」投來的好奇目光，令她有如坐針氈的感覺，就連今晚的衣著，都

讓她好不自在。

她今天穿的這襲粉色小禮服，雖是從大姊衣櫥裡借來的，但她的品味沒有話說，任何女性都會愛死這件優雅又不失靈動的小禮服——但壞就壞在，只要有任何風吹草動，這輕盈的雪紡裙襬，就會開始調皮的搔弄她的小腿，讓她一直忍不住想伸手撥開它。

不只是這樣，難得穿上高跟鞋的腳趾，也被尖頭型的鞋楦擠得好疼，她忍耐了好久，最後終於忍不住踢掉鞋子，讓可憐的腳趾頭徹底解放一下。她知道這樣很不淑女，不過反正在桌子底下，應該沒有人會發現。

「貝小姐，今年多大啦？」女方的主婚人，也就是新娘的奶奶，用著濃重的山東腔問著。

怡文沒聽懂，只好尷尬陪笑。

「抱歉，您說什麼？」

「婆婆問妳今年多大啦？」新娘的母親在旁邊幫腔道。

「二十八了。」怡文尷尬的回答。

「有沒有男朋友啊？」

「呃……沒有。」

「啥？快三十了，還沒有男朋友啊？要積極一點啊！」

當新娘的母親將話轉述給怡文聽時，怡文差點沒窘得鑽進地洞裡。

提起這個，怡文就像是被踩著痛腳一樣的疼！

天知道，她不是不想交男朋友，更不是不夠積極！問題是她那「特異的體質」，就是會自動把她身邊的男性統統趕跑，才會讓她截至目前二八高齡，仍舊小姑獨處。

「呃，那個……我……我去一下化妝室。」

為了避免尷尬話題繼續，怡文已穿好高跟鞋，準備藉機「尿遁」。

「啊，不行，怡文妳不能走！」新娘李佳佳連忙喚住怡文，「馬上就要輪到介紹人上台了！」

「上台？」怡文不解。

「致詞呀！」佳佳嬌嗔道。

「致詞?!」怡文聽完，倒抽一口涼氣，幾乎想昏倒了。

「當然呀！若沒有妳的『促成』，我和阿健怎麼能相識相戀？妳可是我的大貴人，在這麼重要的日子裡，妳當然得說幾句話呀！」佳佳笑得連眼睛都瞇起來了。

噢，還有沒有更糟的？

答案是——有！

就在她臨場發揮、不知所云的致詞結束後，怡文以為自己總算可以把麥克風交還給主持人，躲到化妝室去懺悔自己方才的脫線演出，沒想到事情還沒完。

這時，佳佳忽然咚咚咚的跑上台，搶過麥克風，對著台下賓客強力大放送。

「各位來賓，請聽我說！」佳佳用戴著白手套的玉指，指向一旁的怡文，「這位貝怡文小姐，可說是我此生的貴人哪！」

怡文臉上的笑容頓時僵掉，她忽然有種非常、非常不好的預感。

「想我李佳佳，二十六年來，始終不曾體會過什麼是心動的感覺，要不是我拜託怡文，一定要她陪著我去相親，我也不會遇見我的真命天子，和阿健來電，墜入愛河～～」

噢，拜託，賣擱貢啊！怡文幾乎想掩面。佳佳該不會是打算在大家面前公開她不可告人的「秘密」吧？

「佳佳……噓、噓！」

怡文一直對她使眼色、搖頭，要她別再往下說，但佳佳似乎沒有接收到怡文的訊號，繼續用著感動欲泣的眼神，熱烈地注視著怡文。

「各位也許不知道，怡文從進大學開始就有某種神秘的力量，能夠為周圍的單身女性朋友，帶來意想不到的桃花運！只要有她在女性同胞身邊，就等於是得到月老和丘比特的雙重眷顧，能在最短的時間內覓得如意郎君！」

說完，佳佳緊擁了一下怡文。

「怡文！謝謝妳為我帶來好運，成就了我的幸福，這分恩情，我會永遠謹記在心！各位來賓，請大家為貝怡文鼓掌吧！」

啪啪啪……

掌聲如潮水，一波波的朝怡文襲來。

「謝謝，謝謝……」面對台下賓客熱情的掌聲，怡文只能尷尬的朝賓客揮手致

意，小臉擠出一抹比哭還要難看的笑容。

「走吧！我們下去吃喜筵。」佳佳親密地拉起她的手道。

「呃……我需要上洗手間。」

不等佳佳首肯，她已提起裙襬，用最快的速度衝向化妝室。

空無一人的化妝室裡。

怡文雙手撐在洗手枱上，垂頭喪氣的模樣，就像是一朵久旱卻盼不到甘霖的小花。

老天啊～～她的「特異功能」居然被公開了！

現在全世界都知道，她貝怡文之所以會獨身至今，就因為她是個被月老和丘比特怨恨的女人，所以只要她在場，全世界的單身女子都會比她更早得到幸福……

怡文舉手掩面，發出懊惱的呻吟。

這教她怎麼有勇氣走出這扇門，面對別人充滿「善意」的同情目光呢？

「別難過，貝怡文，這件事本來就不是秘密，只是現在變得更公開而已。」

事到如今，她也只能很阿Q的安慰自己了。

怡文對著鏡子重新補上唇蜜，振作起精神，做好萬全的心理建設，準備重回會場把喜筵吃完。

沒想到，當她一推開化妝室的門，門外的景況，卻讓她登時傻眼——

走廊上，不知何時已經擠滿了未婚女子，每張臉上都帶著相同的興奮，以及渴望愛情的夢幻神情，亮晶晶的眼睛眨巴眨巴著，等待怡文將「桃花運」分給她們……

第一章

輕柔的藍調音樂中，混入了一絲銅鈴的輕響。

「怡然咖啡館」的玻璃門被推開，隨著高跟鞋輕叩地面的清脆聲，走進來一名盛裝打扮、就像是從舞會裡偷溜出來的小女人。

「哈囉……」貝怡文用著要死不活的聲音寒暄著。

吧枱後的男子，見進門的是怡文，一縷驚喜點亮了他的眸子。

已經接近子夜時分，雖說是週六的夜晚，但今天不停下著斷斷續續的雨，最後一桌客人剛走，而他也正準備提早打烊，原以為不會再有客人來了，沒想到老天卻

給了他一個意外之喜。

「妳來了。」

明明是一句再平常不過的話，從他口中說出時，卻像是別富深意。

「是啊！我來了。」怡文苦笑著回答。

他含著笑意的目光，緩慢而讚賞地打量過她的全身上下——

今天的貝怡文，和平常綁馬尾，穿著白T恤加牛仔褲的輕鬆打扮全然不同。

她取下了眼鏡，長髮鬆鬆地綰在腦後成一個可愛的小髻，用一只珍珠髮夾別起，露出纖細白膩的秀頸；一襲平肩粉色的小禮服，襯得她雪膚更白，兩腮如醉；禮服胸前精緻的珠繡，更是絕妙的點綴，恰如其分的顯出華麗又不過分張揚，雪紡材質的裙襬，則隨著她的步伐輕盈地舞動。

她的美麗，令他聯想到夏夜裡在花前月下開著舞會的精靈，使他胸腔悸動。

不過，她的表情，看起來卻像是剛剛從惡龍的魔掌下死裡逃生般悽慘。

「不是說今晚要去吃喜酒，怎麼會過來？」他噙著笑意問。

「唉～～別提了，今晚對我而言，簡直像是一場災難……」

怡文拖著老太婆似的腳步，爬上櫃枱左側，那個始終保留給她的老位子。

見她的模樣，元朗唇邊的笑意更濃。

「災難？不過是吃喜酒，能有什麼災難？」

「我的朋友佳佳——噢，就是今天結婚的新娘，她居然把我的『秘密』公開了！」

認識貝怡文至今四年，元朗自然知道她指的「秘密」是什麼——

不管她和誰相親，最後被相中的一定是附近的女人！像是陪她前去的姊妹、女性友人、同事等，更誇張者如隔壁桌的粉領族，或是為她送餐的女服務生之類，「中獎率」高得超乎常理。

為此，怡文已不知道自己間接撮合了多少對佳偶，在婚禮上當了多少次的「介紹人」，被迫接受新郎新娘還有雙方家長的感謝……

「她說了？」元朗含著興味問。

「說了！」只要一想起這事，怡文便忍不住掩面，再一次發出懊惱的低叫，「結果你知道發生什麼事嗎？」

「發生什麼事？」他很配合的問。

「幾乎所有前去參加婚宴的單身女性，全都跑來跟我要電話！」她哀怨的補充，「因為她們都希望我能陪她們去相親！」

「哈哈哈……」

元朗忍不住仰首大笑，低醇的笑聲在他寬闊的胸膛共鳴著。

他的笑聲，引來怡文不滿的白眼。

「人家已經夠沮喪了，你這樣大笑是什麼意思？」她氣得鼓起臉頰。

他伸手，安撫地拍了拍她的小腦袋。

「別沮喪了，這給妳，免費招待。」說著，他將一小碟開心果推到她面前。

「謝了，」怡文隨意撥弄了下，卻是意興闌珊。「你這裡有沒有酒？」

「小姐，本店賣的是咖啡。」元朗正色道。

怡文卻瞇起眼，擺明了不相信。

「少唬攏我了，元朗，你一定有私藏對不對？」

一面說著，她那雙靈活的眼兒，還不安分地朝他身後的櫃子瞟去。

「妳酒量不好，別學人家藉酒澆愁。」見她失望的模樣，他終於心軟。「好吧！我可以調杯『黑色俄羅斯』給妳。」

「黑色俄羅斯」，是一種以伏特加與咖啡甜酒混合而成的調酒。

「噢，真是太感謝了……哈啾！」

外頭濕涼的天氣，加上咖啡館裡的冷氣，馬上就讓衣著單薄的怡文打起噴嚏。

元朗嘆口氣，拿起遙控器調高冷氣的設定溫度，再轉身拿了自己的丹寧外套朝她兜頭罩下。

「穿上。」

「噢！」感冒可不是件好玩的事，尤其她的抵抗力原本就比較弱，怡文不敢逞強，連忙把外套穿上。

「我看還是給妳煮杯愛爾蘭咖啡吧！」

說著，元朗挑選了略帶酸味的摩卡咖啡豆，點燃酒精燈，開始升火溫杯。

愛爾蘭咖啡，主要是由咖啡、白糖、愛爾蘭威士忌和鮮奶油所組成。

「迷人的惡魔」，有人這麼稱呼愛爾蘭咖啡。

最初入口時，怡文首先嚐到的，是微甜濃郁的鮮奶油，接著是帶點苦，又夾著一縷酸的咖啡；在入喉時，愛爾蘭威士忌的濃烈便壓抑不住地從咖啡裡竄出，但咖啡緩和了那分濃烈，將它轉變為既香醇，又令人難以忘懷的滋味……

最後，當愛爾蘭咖啡順著食道滑入腹中，有如一股暖意順著身體靜靜流淌過，由腹腔向外慢慢地擴散，那感覺，彷彿真有個迷人的惡魔，在寒冬中輕柔的擁著你，暖著你……

酒精在她體內發酵，使怡文周身寒意盡消，小臉上泛著可愛的酡紅。

「太棒了！元朗，你煮出來的咖啡，簡直像是藝術品！你可要好好守住這家店，如果你哪天決定關店回去重操舊業，我上哪兒去喝這麼棒的咖啡？」怡文發出一聲滿足的酣嘆道。

「這家咖啡館，是為了懂它的人而存在。」

「那不就是說我嗎？」她笑嘻嘻地搶白。

元朗微笑，靜靜的燃起一根菸，俊顏在淡藍色的煙霧後面若隱若現。

透過那層氤氳，元朗落在怡文身上的目光帶著謎樣的柔情。

喝了愛爾蘭咖啡，稍早之前的鬱悶全被體內的酒精給趕跑。

這時店裡正放著B. B. King的「Sweet Little Angel」，輕鬆的節奏使怡文的小腦袋不由跟著擺動。

這時，略有醉意的她突發奇想——

「元朗，我們來跳舞！」

元朗一臉好笑的看著她難得的嬉鬧。

「妳醉了是不是？」

「才沒有！」她略感不滿，同時對他招手，「快點，別躲在吧枱後面，出來出來！」

元朗拿她沒轍，只好拉過菸灰缸，捻熄了香菸，從吧枱後面繞出來。

也只有這個小女人，才能將他拉出怡然咖啡館的吧枱。

「快點快點！」趁著酒興，怡文將他拉到店裡較寬敞的地方，踢掉高跟鞋，滑進他的臂彎，搭著他的肩輕輕搖擺。

跳這種舞的好處，就是不必思考舞步，只須隨著緩慢的節奏搖晃。

怡文嗅到元朗的氣息，混合著咖啡，菸草，麝香，以及像是薄荷鬍後水的味道，那是一種很陽剛，很令人安心的味道。

不知道是不是酒精的作用，恍惚間，怡文覺得頭更昏了，她感覺自己不像在跳舞，倒像是自己變成了鮮奶油，在咖啡裡迴旋、漂浮……

雨夜和藍調總是契合。

寧靜的氛圍裡，人們不急著往哪裡去，只管消磨在音樂裡。

悠閒中，彷彿有種寧靜的感傷在發酵。

當B.B. King 彈奏起「Blues Boys Tune」時，那帶著詩意的憂愁，不知怎麼觸動怡文心頭的愁緒。

「元朗……」她低低的開口：「我不懂，為什麼愛神的金箭老是繞過我？你說，我會不會是被丘比特給遺棄了？」

若不是因為這感傷的樂音，元朗聽見這問題時真有點想笑。

「妳想太多了。」

她抬起頭對他皺眉，似乎對他的回答頗感不滿。

「你又知道了？」

「妳的幸福已經在前面等妳，只是妳還沒有發現而已。」

她的秀眉皺得更深。

「是嗎？那為什麼我沒看見？」

她苦惱抱怨的模樣，落在元朗眼中，簡直可愛得教他心軟。

「因為……」他的唇角浮現一抹難言的微笑，「妳是個大近視，所以才沒看見。」

「元朗，你真討厭！」怡文捶他一記，喊道：「我是很認真的問你，你卻老跟我開玩笑！」

元朗笑了起來，抓起她的粉拳，安放回自己的肩上，繼續扶著她的腰隨音樂擺動。

「別想了，妳聽這音樂，多有感情……」

節奏變得更慢更徐緩了，到了最後，他們幾乎是站在原處輕輕搖晃，像星夜的湖泊中小舟，輕柔的蕩漾著……蕩漾著……

忽然，怡文軟軟地靠上元朗的肩，他的心突地重重一跳。

「怡文？」

待元朗低頭一看，才發現怡文居然邊跳舞邊打起瞌睡來，大概是酒力發作了。

「真是的，明明一點酒量也沒有，竟然還敢喝酒！」

他又好氣又好笑，在她髮心印上一吻，然後打橫抱起她，將她安置到店後休息區的沙發上，抓來一條薄毯蓋住她，準備打烊後再送她回家。

離開休息區前，元朗再度回頭望了一眼怡文沉睡的容顏，眸中帶著一抹寵溺的笑——

這個遲鈍的小女人啊，到底什麼時候才會開竅？

元朗第一次注意到貝怡文，也是在怡然咖啡館裡。

只不過，這家咖啡館在當時還不叫「怡然」，而叫「卡爾維諾」。

對鬻文為生的元朗而言，他的工作就是需要燃燒大量的腦細胞和縹緲的靈感，

所以咖啡因成為提振精神不可或缺的必需品。

「卡爾維諾」開設在自家附近，對他是件好消息。

要不是他太忙，他是絕不會屈就便利商店裡的次級咖啡，而寧願自己煮。不是他誇口，他煮咖啡的功力可是專業級。

他妹妹就曾笑他，對咖啡的要求挑剔到近乎龜毛的程度，現在自家附近開了間不錯的手工咖啡館，他也樂得多花一些錢，享受比較好的咖啡。

平日的元朗習慣晝伏夜出，但在那一天，他不知哪根筋不對，竟在下午客人最多的時段出現。

他枯坐在角落的位子上，燃起一根菸，在煙霧與咖啡熱氣的氤氳繚繞中，開著筆電，將雙手枕在腦後，和word左上角那個討厭的迴紋針娃娃互瞪眼，看是誰比較閒。

靈感不來，就是不來。

MSN裡，電視台劇組和電玩公司的人都在線上狂敲，從諂媚、哀求到放狠話，看得出來他們都急得像是熱鍋上的螞蟻，好像他再不寫出一點什麼就會弄出人命一

樣。

煩。

他從沒有像現在這樣，對生活感到厭煩。

沒錯，靠著寫偶像劇和遊戲劇本，他是賺了不少錢，名氣也小有一點，可是總有股莫名的煩躁堵在他的胸口。

他看起來好像什麼都有，可是只有自己知道——他的生活裡，早就沒了感動。

然後，他忽然看見咖啡館另一個角落裡，一抹白色的身影。

在充滿女人嘈嚷聲的午后咖啡館裡，她獨坐的身影，顯得那樣安靜且特別。

她戴著黑框眼鏡，紮著馬尾，穿著簡單的白T恤與藍色牛仔褲。

那樣的打扮，在他看來就像個鄰家女孩，普通到任誰也不會多瞧一眼，但是，她身上卻有種奇異的氣質，攫住元朗的視線，使他無法移開——

身形纖瘦的她，斜斜地窩在單人沙發裡，好舒服好安適的樣子，她那脫掉鞋子的蓮足，小小的，白白的，就踩踏在柔軟的椅面上，因為曲起雙腿的關係，他看見牛仔褲的褲腳下露出一小截細緻骨感的踝部。

那絕不是什麼撩人的姿勢，但那一小塊肌膚，莫名的使他下腹起了一陣騷動。

她正捧著一本小說讀得津津有味，從那本書的封面，元朗注意到，那並不是什麼艱澀難懂的原文書，也不是什麼文學鉅著，就只是一本人人都看得懂的言情小說。

有些人會刻意到咖啡館「展示」自己的閱讀品味，但她卻不是那樣，她沒有打算做戲給誰看，就只是單純地讀著她感興趣的書籍，悠閒的享受閱讀，悠遊在自己的世界裡，絲毫不在意別人的目光。

午后的陽光，透過玻璃窗，像金粉一樣灑落在她身上，他看見光線在她的烏髮和皮膚上跳躍，就像是聽見愉悅的音符在起舞。

那一瞬，他竟羨慕起她所擁有的，單純的幸福。

喝完咖啡，讀完小說，她像隻晒夠了太陽的小貓般，滿足的伸了伸懶腰，然後拎了編織包起身結帳，離開了咖啡館。

然後，他忽然間有了靈感。

他寫了一個關於咖啡館女孩和一個頹廢的作曲家的愛情故事，用最快的速度完

成後，丟給電視台——後來那部偶像劇還紅極一時。

後來，他變得經常在下午跑去泡咖啡廳。

元朗不覺得自己是為了那女孩而改變生活作息，不過他必須承認，只要能遇見那女孩，當天他的心情就會好一點。

她和他一樣，都是店裡的常客。

後來，他無意間從老闆的口中知道了她的名字——貝怡文。

知道她的名字，就彷彿距離她近一點。

從此，這三個字牢牢的刻在元朗心版上，成為無法抹滅的痕跡。

一年後，「卡爾維諾咖啡館」傳出準備頂讓的消息。

元朗幾乎是想也不想，就頂下這家店。

其實他從沒想過要開設一間屬於自己的咖啡館，不過，當他想到這或許是自己和貝怡文之間唯一的聯繫時，留下這個能讓兩人繼續碰面的地方，就成了他必然的選擇。

重新裝潢後，他將咖啡館取名為「怡然」。

他想她應該會喜歡這個店名，也許她會受到這名字的吸引，走進來消費一回。

他承認這是一種引誘，卻沒想到這方式真的奏效了。

她起先站在店外猶豫著，後來還是下定決心走進來，點了一杯咖啡。

當她喝完咖啡，笑著對他說，他煮的咖啡嚐得出幸福的味道時，他感覺所有的付出都有了代價。

後來她變成了他的忠實顧客，幾乎天天來報到，兩人漸漸成為無話不談的朋友。

然後，不知道是從什麼時候起，怡然咖啡館破天荒出現了第一個，同時也是唯一一個保留座——

屬於貝怡文的專用席。

三年後，專用席依舊只屬於她，並且還多了一個位置——

就放在元朗的心底。

驟雨過後，月明星稀。

一部銀灰色的休旅車在貝家大宅前停下。

元朗跨出駕駛座，站在貝家的鏤花大門前，按了下電鈴。

好一會兒之後，對講機有了回應。

「哪位？」一縷悅耳的女聲由對講機透出。

「元朗。」說著，他抬起頭，讓監視器照見他的臉。「有一件喝醉酒的巨型包裹送達。」

黑盒子裡的人顯然愣了會兒，隨即意會了過來，逸出一抹輕笑。

「噢……是怡文對不對？我馬上出去。」

不多時，鏤花大門發出一聲脆響，步出一名即便素顏亦豔光四射的女子。

她正是貝家三姐妹中的大姊，貝君頤。

貝君頤無疑是貝家三姊妹中最美的一個，應該說，也是他此生見過最美的女子，她的美有如流動的火燄，婀娜、耀眼、而又充滿生命力，令人幾乎無法移開視線。

直到現在，元朗仍然不明白，面對一個這樣的大美人，他為何能毫不動心？

「嗨！元朗，那個折騰人的大包裹在哪裡？」

「在車上。」

貝君頤朝車內一望，果然看見怡文像貓咪一樣蜷在後座，打著呼嚕，睡得正香，車內漫著一絲酒香。

「真是傷腦筋，怎麼睡成這樣？」貝君頤無奈的嘆笑著。

「她今晚累慘了。」元朗的語氣，帶著一絲難以覺察的寵溺。

精明的貝君頤，可沒有錯過他眼底的溫柔。

「我想我沒辦法扛她進去，可以麻煩你把她抱進來嗎？」

元朗笑，「看來也只能這樣。」

元朗打開後座車門，輕手輕腳的將怡文抱出來，小心翼翼的唯恐驚擾了懷中人兒的好眠。

他充滿呵護的舉動，全落在貝君頤帶笑的眼眸中。

她領著元朗來到怡文的房間，讓他將怡文抱上床。

貝君頤幫怡文脫下高跟鞋，並且拉上薄被。

「真是的，她平時是滴酒不沾的，怎麼會喝醉？」她口中抱怨著，但一雙清澈的眼眸，卻定定的望住元朗。

「是我讓她喝酒的。」元朗歉然解釋道。

「哦？」

「吃完喜酒回來，她心情不怎麼好。」元朗見貝君頤仍側著頭在等待下文，只好進一步解釋，「今天的婚禮，她擔任的是介紹人的角色，妳知道她一直很介意自己的……呃，愛情魔咒，所以……」

貝君頤旋即明白了。

原來，妹妹又是為了自己遇不到真命天子在難過。

「我懂。」貝君頤點點頭，美眸憐惜地望向怡文，「唉！這個丫頭竟然沒發覺魔咒老早就被打破了，還在那裡自怨自艾，真傻！你不覺得嗎，元朗？」

貝君頤像是話中有話，還特意瞟了元朗一眼。

面對她有意的刺探，元朗噙著笑不語，態度沉定如海，波瀾不興。

「我真不明白那個喜歡怡文的人，為什麼不快些表態，我猜喜歡她的那個人，大概是不怎麼真心，也不想負責任，只是想玩遊戲，不知道我說的對不對？」貝君頤故意道。

出乎意料的，這次元朗開口了。

「我不這麼認為。」

「哦？怎麼說？」

貝君頤充滿興味地等著聆聽他的辯解。

「我覺得，也許是喜歡她的人太過明白她的遲鈍，所以想要給她多一點時間去發現，不急著逼迫她面對這分感情。」元朗慢條斯理地回答。

唔，這點她倒是沒想到。

「所以，你不認為他是不夠真心囉？」

他露出一抹莫測高深的微笑。

「時間將會證明一切。」

對於元朗的回答，她雖不滿意，尚可接受。

貝君頤點點頭，「最好是這樣。」

將元朗送到大門口，這時他像是想起什麼，忽然回頭交代。

「對了！她的隱形眼鏡還沒拿下來。」要是不管她，任她戴到天亮，眼睛可能會發炎。

君頤聽完，不由笑了出來。

呵！這男人，明明在意怡文在意的不得了，卻還不肯說開。

「知道了，回頭我會叫醒她，要她取下後再睡。」

「那，我走了。」

「慢走。」貝君頤帶著笑意，目送元朗驅車離去。

見他的休旅車在道路的盡頭化為一個紅色的小點，她才關上門。

「看樣子，愛上怡文可不是件輕鬆的事哪！」貝君頤感嘆的自語著。

一陣夜風拂過，庭院的白茶花花影搖曳，就像是在輕輕附和著她的嘆息……

第二章

怡然咖啡館門上的銅鈴悅耳的揚起。

「歡迎光臨。」

正在洗杯子的元朗，從櫃枱後直起身，看見貝怡文推門進來，目光霎時暖了。

但他馬上注意到今天她不是一個人來，她的身後，還跟了一男一女。

女的精心打扮，穿著正式的小洋裝，從妝容到指甲都百分百完美，連髮型都捲得很刻意；男的比較隨性，穿襯衫牛仔褲，搭了件西服外套，都會風格裡帶著休閒。

至於怡文，仍是平日的白T恤牛仔褲，長髮紮成馬尾巴，腳上踩著黑色人字拖，和那兩人走在一起，感覺很不搭，但他卻不自禁地微笑起來。

「嗨，元朗。」怡文笑著對他打招呼，然後指指後方的兩人道：「我帶朋友來喝咖啡。」

「歡迎，隨便坐。」元朗頷首，同時對她的朋友點點頭。

他們一行三人挑了靠窗的座位落坐，貝怡文故意挑了面窗的位子，讓那兩人面對面而坐。

很眼熟的「陣式」。

一直注意著怡文的元朗一臉好笑。

看樣子，這妮子今天又給自己攬來吃力不討好的工作。

明明不喜歡，卻又狠不下心拒絕——這就是怡文，一個容易心軟的小女人。

元朗望著怡文的目光，多了一抹憐惜。

「這間咖啡館氣氛真好，有點像是老上海法國租界裡的咖啡廳。」才一坐下，身為室內設計師的魏玲雅，就對咖啡館的裝潢品味讚不絕口。

「這裡的咖啡更好，現磨現煮，喝了保證上癮。」怡文極力推薦著，然後轉身朝元朗招手。

元朗從吧枱後繞出來，他穿著黑T恤牛仔褲，手戴大鏡面潛水錶，腳踩馬汀鞋，將略長的頭髮全部往後梳，紮成馬尾，露出臉部立體剛稜的輪廓，與單邊的銀耳環。

型男！看見元朗的瞬間，玲雅竟閃了神，差點忘了今天是來相親。

元朗高大的身影往怡文身旁一站，一隻手看似隨意的搭在怡文身後的椅背上，露出職業性的微笑。

「三位要點些什麼？」

「沒有Menu，怎麼點？」沈又鈞皺眉道。

「這裡沒有Menu，看你想喝什麼咖啡，儘管點就是了。」怡文忙替元朗解釋。

「這倒有趣！」玲雅用一雙精心勾勒的媚眼瞟他，「那我要一杯法式焦糖瑪琪朵。」

「沒問題。怡文和平常一樣嗎？」

「對，一樣。」

元朗笑著望向沈又鈞，問：「先生呢？」

「你們這裡除了咖啡，還有沒有別種飲料？我不喝咖啡，咖啡會造成骨質疏鬆。」他是骨科醫生，所以特別注重骨本。

元朗的眸子，幾不可見地瞇了瞇。

很久沒遇到這種奧客了，如果他不是怡文帶來的朋友，他現在哪能好端端坐在這裡。

「抱歉，本店只賣咖啡。」

「只賣咖啡？沒有茶？果汁？」沈又鈞故意刁難。

「茶和果汁，勞駕你到外面的自動販賣機買。」

丟下這句話，元朗超有個性的轉身走人。

沈又鈞見狀，先是傻眼，然後氣結。

「什麼態度啊？不過是小小咖啡館的老闆，架子竟然那麼大——」重點是，還害他在兩個女人面前丟臉！

「喔，我的天～～」玲雅忽然發出低呼，打斷沈又鈞的發飆，雙手按在胸口，一副快要喘不過氣的樣子。

「玲雅，妳怎麼了？」怡文緊張的湊上前。

「妳是有心臟病，還是有氣喘？」玲雅的模樣，讓沈又鈞忘記發飆。

「都不是，我只是有感覺了！」玲雅忽然揪住怡文的手，興奮地宣布，「怡文，妳相信嗎？我想我戀愛了！」

「嗄?!妳……妳沒搞錯嗎？」怡文瞠眸，驚恐地想：不會吧？難道她的「功力」又精進了？他們坐下來才不到三分鐘ㄟ～～

「絕對不會錯！」玲雅肯定地點著頭，「我想我愛上元朗了！」

「什麼?!」

詫異的二重唱，出自怡文和沈又鈞之口。

沈又鈞氣極敗壞的嚷，「搞什麼？妳們在耍我嗎？魏玲雅，妳沒搞錯吧？今天妳相親的對象明明是我！」

玲雅衝著他假笑，「我知道，不過我到剛剛才發現，我們似乎並不適合，因為

我受不了連喝一杯咖啡都要擔心會不會骨質疏鬆的男人。」

尤其看見沈又鈞一副蓄意找碴的態度，讓她頓覺自己根本就錯看了他。這種自認高人一等的男人，怎麼會是理想的對象？

愛面子的沈又鈞，沒想到自己竟然會被一個咖啡館老闆擊敗，氣得臉色一陣青一陣白。

「魏玲雅，妳最好不要後悔！」他怒氣沖沖的放完話，馬上起身離開。

經過櫃枱時，元朗眼也不抬，不輕不重的奉送了句——

「慢走。」

那一句話，擺明他的不受歡迎，讓沈又鈞聽了更氣。

「哼！我再也不會來了！」他朝元朗嗆了一句，沒風度的甩門離開，那力氣大得連門框都震動。

元朗無動於衷地繼續煮咖啡。

合則來不合則去，他的咖啡館，從不勉強無緣之人。

「真抱歉，小沈的怒氣不是針對你。」

很懂得把握機會的魏玲雅，看準了機會，立刻移師到吧枱前的高腳椅上，想要進一步認識這個性格的咖啡館老闆，進而將他把到手。

「無所謂。」他將煮好的咖啡推到她面前，「妳的焦糖瑪琪朵。」

「謝謝。」

玲雅端起咖啡，啜了一口法式焦糖瑪琪朵，無預警的被那濃郁香醇的口感震懾。

這男人，煮得一手好咖啡！

因為一杯咖啡的感動，玲雅對元朗的好感更是三級跳。

「好棒的咖啡！我不知道該怎麼形容，但我從沒喝過這麼好喝的咖啡……」向來伶牙俐齒的她，竟在這一刻詞窮了。

「謝謝。」他淡然揚唇，收下她的讚美。

「我叫魏玲雅，記住這個名字，因為你即將多了一位忠實顧客。」

元朗再度微微一笑，但他的目光卻是越過玲雅，望向靠窗座位裡那個小小的身影，憑著了解，他敏感的察覺到怡文的不對勁——

怎麼回事？她怎麼看起來有些落寞？

怡文沒有想到，魏玲雅竟然會愛上元朗。

她的意思，當然不是指玲雅愛上元朗是件奇怪的事，憑良心說，除去他煮咖啡的手藝不談，元朗的外型是十分出色的，至少她就目睹過好幾次女顧客對他告白，所以玲雅會喜歡上元朗，並不是什麼奇怪的事……

只是，為什麼是元朗？

玲雅起先不是對沈又鈞很有好感嗎？就是因為玲雅想和沈又鈞進一步交往，所以才會找她幫忙，哪裡知道，玲雅忽然說變就變，竟對元朗一見鍾情。

那元朗心裡又是怎麼想的？

元朗會喜歡玲雅嗎？

根據她的「經驗法則」，有她參與的相親場合，一定會誕生一對情侶——這麼說來，元朗也對玲雅一見鍾情囉？

想到這裡，怡文胸口莫名一緊，像是被什麼給絞擰了下，感覺有點疼。

昨天離開咖啡館後，玲雅又拉著她去吃晚飯，整頓飯下來，問的全是元朗的事，她答得支支吾吾，幾乎招架不住。

「妳不是認識他四年，還天天往他的咖啡館跑，怎麼感覺起來妳好像跟他很不熟？」玲雅還這樣取笑她。

這時她才猛然驚覺，自己對元朗的事，所知的竟然這麼少！

她知道他曾寫過劇本，嗜喝咖啡，父母俱在並且還有一個開烘焙屋的妹妹，店裡的手工餅乾和蛋糕就是出自他妹妹之手，他最喜歡藍調和爵士樂，養了一隻叫阿拉比卡的貓……

然後呢？他喜歡什麼顏色？星座？生日？血型？喜歡什麼類型的女生？

這些她都不知道，也沒想過要去問。

平常，她總嘰哩呱啦的朝他吐苦水，講的全是自己的事，卻忘記要去傾聽。

對她而言，元朗就像她喝咖啡的習慣，是那麼自然的融入她的生活裡，她已經太習慣他的存在，天天見面，理所當然的認為，他會一直待在她一轉頭就看得見的

地方，卻忽略了要去了解他，就像她從不會去探究咖啡的品種一樣……

「糟透了……」怡文抱著頭，簡直懊惱得想拿腦袋去撞牆。

嗚～～沒想到，她竟然是一個這麼差勁的人！元朗一定是倒楣透頂，才會交上她這種朋友！

叩叩！叩叩叩！

「貝小姐！貝、小、姐！」

指節輕叩櫃枱的聲音伴隨高分貝的喊叫，使怡文熊熊嚇了一跳，驀然抬起頭，對上一張生氣的小臉。

「啊？怎麼了？」

「叫妳那麼多次都沒聽見，又去哪裡神遊了？距離下班還有半小時，請不要現在就開始打混好嗎？」

對噢！她都忘了現在是上班時間。

「對不起……」連忙低頭懺悔。

「真是的！我都搞不清楚誰是員工、誰是老闆了！」

身為二手書店「鉛字館」唯一的正式員工，林婉玉的職責之一，就是要監督偶爾會打混恍神的老闆貝怡文。

「是是是，玉姊，我會改進、我會改進。」怡文尷尬地笑：「妳叫我有事？」

「對啦！妳有訪客。」

這麼晚了，還有訪客？

怡文不經意朝門口望去，她驚得差點從椅子上摔下來──喝！居然是元朗！

「元……元朗?!你怎麼來了？」她驚訝到舌頭打結。

怎麼心裡才想著他，他就來了？

「今天提早打烊了。我想，咖啡館的老闆偶爾也需要感染一下書香氣息。」元朗揚了揚手上的紙袋。「我還帶了一點伴手禮過來。」

不必打開，怡文早就從那芳醇的氣味嗅出答案。

「萬歲！是咖啡！」她歡呼一聲，分了一杯給婉玉後，自己也迫不及待地打開杯蓋啜飲起來。

今天沒到「怡然」去，她渾身的每一個細胞都在想念著咖啡因。

趁著怡文喝著咖啡，元朗帶著笑意環視一掃，將書店仔細打量，從上到下、左到右，目光所及之處全是書牆。

怡文笑了。「你想找書嗎？」

「不急，我想先看看這裡。」

元朗跨開步伐，在書店內梭巡。

他一直知道她的店址，但今天卻是第一次踏進她的領域。

質樸的書架，古舊的封皮，泛黃的紙頁，暖融的燈光……這些細微的質感，在空氣裡混合成一種略帶陳舊、滄桑，但是令人舒緩愉悅的氣息。

他早就想進來這書店，他想，走進這書店，就可以更接近她一點；可是也因為這樣，他遲遲不敢前來。

他太了解自己，如果他更接近她一些，就會不知饜足的想要更多，所以他最多只允許自己站在書店的對街，遠遠地望著，想像著她在裡面工作的樣子。

而今，元朗終於進入這裡，他放慢腳步，在一個又一個的書架間瀏覽。

「鉛字館」只是一家小小的二手書店，但卻是怡文從無到有，一點一滴建立起

來的。雖然這家店並不怎麼華麗，也並不怎麼賺錢，但是因為她真心喜歡閱讀，所以便很自然的選擇一份和自己興趣有關的職業。

自己的店被元朗這樣打量，她覺得有些自豪，又覺得有些不好意思，好像某部分的自己，亮敞敞地攤開在他面前，任人閱覽。

「很棒的店。」半晌後，元朗說道。

「你真的這麼覺得？」書店被人誇獎，比聽見自己被誇獎更令怡文開心。

「是。」他專注的望著她，一字一句道：「這裡充滿了妳的風格，我很喜歡。」

忽然，怡文有些臉紅。

拜託！他是在說書店，又不是說妳，妳幹嘛臉紅?!怡文在心裡罵自己。

在慌亂之下，怡文開始不知所云，「我……我不知道你喜歡什麼樣的書，但我記得你喜歡爵士和藍調，我們這裡也收二手CD和黑膠唱片，要是遇見狀況不錯的爵士或藍調專輯，我就會另外留下來，我想……說不定你會喜歡。」

他專注凝視她的眼眸如深潭，令人望不見底。

鼓。

他……為什麼不說話？在那樣的注視下，怡文感覺胃部莫名的緊縮，心跳如擂

因為緊張的關係，她下意識地舔了舔發乾的唇，忽然間，她注意到他的眸子顯得更加深黝。

「元朗……你要看看嗎？」

「好。」

聽見他的回答，怡文輕吁了一口氣，像是因為終於可以從這樣的目光下逃離而感到輕鬆一些。

怡文咚咚咚的跑進櫃枱，從桌下拖出一只小紙箱。

「嘿咻～～」

見她拿得有些吃力，元朗跨進狹小的櫃枱。

「我來。」他接過她手裡的紙箱，輕而易舉的抱起放在桌上。

打開紙箱，元朗開始一張一張審視那些唱片，唇邊的笑意也不自覺加深。

怡文真的了解他對音樂的品味，為他留的唱片，他幾乎全都收藏了，其中有些

他特別喜歡的，還買了兩張，一張用來播放，一張用來收藏。

但是，這些全是怡文為他留的。

因著這緣故，他貪心的全都想要。

「妳收集這些唱片收集很久吧？」這一整套唱片可說是絕版珍品，市面罕見。

「沒有啦！沒有很久。」她不好意思承認，自己收集了兩年多。

他望住她的目光，不知為何令她臉紅。

「謝謝妳，這全部都是我想要的。」

聽見他這麼說，怡文如玉般的容顏，頓時被喜悅所點亮。

「真的？全部嗎？」

「是，全部。」

太好了！都是他想要的呢！幸好當時她將這些唱片另外收起來了。怡文為自己做了一個正確的決定而感到雀躍不已。

「以後如果還有，再繼續幫我留。」他笑著取出皮夾，「今天收穫不少，幫我結帳吧！」

「不不不，那本來就是要送給你的！」怡文慌忙搖手。

他斂起笑容。「怡文，別這樣。」

「真的！我不能收你錢，這是一份禮物。」怡文認真的解釋，「每天喝著你煮的咖啡，就能感受到一種幸福的滋味，和一分愉悅的心情，比起你帶給我的，這不過是一點微不足道的回報。」

望著怡文的面容，他心情激越，他多想抱住她，將她鎖在懷裡，瘋狂的吻她，感受她肌膚的溫度，汲取她髮間的幽香，他想告訴她他愛她有多長久的時間，但理智及時扯住他。

在這一刻，元朗意會到，他們之間的關係，已完全跨出了純屬「咖啡館老闆」與「老主顧」的範疇，自然地跨入下一個階段。

怡文對感情的領會，比一般人慢好幾拍，過去他不想躁進，強迫她面對他的感情，然後害她在還未感受到愛人的美好之前，就先感受到被愛的壓力。

雖然她走得有點慢，雖然他早就站在下下一個階段好久好久了，但他仍願意等待她趕上來。

因為她值得這等待。

就像慢慢地烘焙那些咖啡豆，就像是耐心煮出一杯好咖啡，他願意用等待，換取她心中的純情開花。

而今，他終於等到一種嶄新關係的萌芽，從今以後，他會一點一點縮短兩人的距離，讓她明白他的心意。

元朗為什麼不說話？

怡文有些不知所措的仰視著元朗，不知道為什麼，她感覺今晚的他有些不一樣，尤其是他的眼神，像帶著電一樣，當他望著她的時候，她覺得自己就快要不能呼吸。

這時，她才發現他們站得好近，近到她能感覺到他周身輻射出來的熱度，以及他吹拂在她頭頂的呼吸，還有，他身上那混合了咖啡香的獨特氣味……

怡文的臉莫名的紅了，她的心跳急促起來。

她不知道自己是怎麼了，可是此刻站在她面前的元朗，好像不再是過去的元朗了，她的每一個細胞，都本能的感應到他的存在。

她覺得有點緊張，她希望他不要站得那麼近，可是又不希望他退開──老天！要是元朗發現她有這麼怪異的反應，不知道會怎麼想？肯定會被她嚇跑吧？

沉默，延續許久，怡文的心情也越來越不安。

「好，我收下這份禮物。」

當元朗終於收回皮夾，那迫人的氛圍也在剎那間宣告消除，怡文鬆了一口氣，臉上再度有了笑意。

「不過，我堅持妳明晚到『怡然』來，我要請妳喝一杯咖啡。」

怡文忙不迭地點頭，滿口應允，「好啊！我明晚一定去！」

「妳一定要來，」他饒富深意地加了句，「我等妳。」

回到家，元朗還未打開燈，一抹絲般觸感，滑順地蜷擦過他的小腿。

「喵～～」

「阿拉比卡。」元朗將他從「鉛字館」帶回的紙箱，往鞋櫃上一放，然後笑著

彎身，將歡迎他回家的貓兒撈起，享受牠溫存的親近。

一向，就只有這隻貓靜靜的等待他回家，這幾年來，牠一直是這屋子裡的女主人。

他給阿拉比卡倒了貓飼料，換了乾淨的飲水，然後跨進浴室沖澡。

在舒適的水溫下，他仰起臉，讓水柱暢快地沖刷過他的全身。

十分鐘後，再踏出浴室，阿拉比卡已經填飽了肚子，黏過來向元朗撒嬌。

元朗一面擦著濕髮，一面笑看著愛貓在他的步伐間愉快的穿梭著。

然後，他注意到電話留言鍵亮著，他按下按鍵，窩進沙發裡聽留言。

「您有十六通留言。」

元朗蹙了下眉，十六通？

「喂？元朗，我是品芬，你什麼時候換了手機號碼也不跟人家說，所以我只好打電話到你家囉！明天就是你的生日了，生日快樂！」

「元朗，還好我還留著你家電話。三十歲生日快樂！改天一起吃頓飯吧？哦，對了，我是蜜婭。」

「元朗，我阿濤啦！媽的你咖啡館還沒倒？呃，在你生日還講這麼不吉利的話好像不太好厚？啊哈哈～～總之生日快樂啦！要是咖啡館倒了記得回劇組，記得我永遠等你的劇本啊～～掰！」

「朗～～我是小妖，記得我嗎？我有留新電話給你，你怎麼都不打電話給人家？我好想你，人家想幫你慶生說～～聽到我的留言快回個電話給我，等你喔！」

「朗哥，生日快樂啊！最近我們公司要推一個遊戲，你要不要參一咖寫遊戲腳本？我們公司這次玩很大喔！還請名模林小玲來代言，你有意願記得通知我嘿！拜～～」

聽若罔聞的任由留言播過一通又一通，元朗俊美的容顏看上去彷彿沒有表情，阿拉比卡輕巧地躍上他的腿，張開嘴巴打了個呵欠，見牠可愛的舉動，才稍稍軟化了他冷漠的神情。

「你也覺得無趣嗎，阿拉比卡？」元朗愛撫著牠頷下的絨毛輕笑著。

他正想將留言全數清除，忽然一縷清脆的聲音流洩而出，使他停住了刪除的動作。

「喂？哥，生日快樂呀！」

聽見這熟悉的語調，元朗又驚又喜。

那是他妹妹，元歆。

「聽說有人明天就要跨進三字頭了，嘩～～好老噢！小妹怎麼能不來致個意呢？為了表示哀悼，明天我會親手烤個蛋糕送去你店裡。我知道你的店在你生日當天都公休，所以我會讓小精靈偷偷放進冰箱的冷藏庫裡，不必太感動！你只要偶爾回報我幾頓香的辣的就行，我很好收買的啦！就這樣，生日快樂～～」

原以為元歆要掛電話了，沒想到她又補了句，「對了，奉勸你一句話——法律是不會承認你和虹吸壺的禁忌之戀的，好好給我找個大嫂才是正經！」

妹妹的最後一句話又讓元朗笑了。

輕撫著阿拉比卡藍灰色的絨毛，望著牠在他腿上滿足地蜷窩成一個圈，貓咪慵懶的神情，令他想起某個也喜歡窩在沙發裡看書的纖影。

「大嫂是嗎……」

那一瞬，元朗唇邊的笑意更深了。

第三章

日輪尚未落盡，成群的星子已經在天空的另一頭閃耀。

五點鐘，怡文下了班，依約來到「怡然咖啡館」。

咖啡館門扉緊閉，窗簾掩著，門上還懸掛著一只牌子：「本日公休。」

「咦？今天沒有營業嗎？可是元朗明明和我約今天啊！」

怡文正猶豫著要不要離開，忽然咖啡館內燈亮起，元朗叼著菸前來開門。

開了門，他撐在門框上，居高臨下地俯視她，眼底含著笑意。

「既然來了，怎不進來？」元朗問。

怡文第一次發現，原來元朗垂眸而笑的模樣，竟要命的好看。

「你今天不是公休嗎？」怡文指了指門上掛的牌子。

「我今天確實不營業，只用來招待貴客。」說著，他側身讓出通道，「進來吧！」

怡文雖有些迷惑，但仍是走進咖啡館。

怡文今天穿著無袖背心，當她側身通過大門的時候，兩人的身體無可避免的相觸，她光滑而裸露的肩頭輕擦過他結實的胸膛。

在那千分之一秒的瞬間，一種特殊的悸動，令他們兩人同時一震。

好像有什麼在怡文的體內甦醒，她臉頰紅了紅，驚慌的抬眼，正望入元朗的眸裡。

不知道是不是因為光線的關係，她感覺他的眸色變深了，像一泓充滿誘惑的深潭，幾乎要將她的魂魄吸進去。

「抱歉……」她吶吶的說著，幾乎是從他的注視中逃開。

即便沒有營業，怡然咖啡館裡的空氣，仍然瀰漫著誘人的咖啡香，怡文閉上眼

睛深吸一口氣，直到那香味沁入心脾。

平日她到店裡，總是高朋滿座的景況，今日的空蕩令她有些不習慣，尤其是元朗把大部分的桌椅全都撤到一旁，只留一張桌子在中央，桌子相對的位置則放著兩把椅子，桌上擺放著兩份餐具，顯見今晚她是唯一的客人。

忽然，這種特殊待遇使她受寵若驚，又有些心慌。

「坐，我去放音樂。」

元朗隨手捻熄菸蒂，轉身走進吧枱，這時，忽然有個東西落在她腿上。

「噢！」她發出一聲低呼，驚訝的低頭望住躍到腿上的小傢伙。

那是一隻藍灰色的貓，她不懂得辨認品種，只知道這必然是隻十分罕見的貓。

「她是阿拉比卡。」元朗的低笑聲傳來。

怡文眼兒一亮。

「原來牠就是你常掛在嘴上的『室友』啊！」她笑著舉起貓兒，湊近自己的臉，「你好啊，阿拉比卡！」

「喵～～」阿拉比卡回以一記寒暄。

「牠是今晚的陪客，希望妳不介意。」

怡文好玩的輕搔牠的下巴，不介意地搖搖頭。

「怎麼會？有這麼可愛的陪客，我可是很高興呢！」

不一會兒，輕快的爵士樂流洩在空氣裡，帶來某種愉悅的氛圍。

「要不要喝檸檬水？」

正在與阿拉比卡玩的怡文抬起頭，訝異地望向吧枱後的元朗。

「嘿～～我還以為你要請我喝咖啡呢！」她佯怒的抗議。

元朗倒是笑了。

「咖啡等吃過飯以後再喝，原本我準備了香檳，不過考慮到妳的酒量實在太差，所以我決定帶回家一個人享用。」

「你還準備了香檳？今天是什麼日子，你中樂透了嗎？」她好奇道。

「都不是，」元朗將兩只玻璃杯放到桌上，道：「今天只是我的生日。」

聞言，怡文先是一愣，接著大叫起來。

「今天是你生日？天啊！我不知道……你昨天就應該告訴我的，我什麼禮物也

沒帶——」

「禮物我昨天就已經收到了，不是嗎？」

他指的，自然是那箱唱片。

「那不算啦……」

怡文下意識的反駁，但元朗卻伸出手，對她搖搖頭，制止了她的未竟之言。

「對我來說，那已經是最好的禮物。」他望著她，一字一字的說。

在那樣的注視下，怡文的心再度狂跳起來，她不由自主的按住心口。

老天～～她是怎麼了？她覺得自己變得好奇怪，她開始覺得自己一定是吃錯了什麼藥，所以才會對元朗產生奇怪的感覺。

那種感覺她無法很確切的說出來，但是她發現自己開始在意他的一舉一動，當他在她附近時，她感覺自己心跳特別不受控制；她開始注意他的背影，他的氣息，甚至還注意到他的黑髮在光線明暗下變化的色澤！

天啊！看清楚，貝怡文，他不是別人，他是妳的「coffee mate」元朗啊！怡文在心底對自己大聲喊叫著，可是那一點用都沒有。

怡文不是很明白這究竟是怎麼一回事，但是她的直覺很確定一件事——她的麻煩大了！

她懷疑，她可能對元朗，滋生了超乎友誼的感情。

這個領悟使她掩面發出呻吟。

「不會吧……」

這……這算是對愛情「開竅」了嗎？

過去二十八個年頭裡，她從沒有對任何一個男人產生這麼強烈的感覺——高中與大學時代她是遇過一、兩個讓她有好感的男孩，但那都和元朗給她的感覺不一樣！

她不會想要把手伸進他們的髮中，感受髮絲穿梭在指尖的觸感。

她也不會去注意，他們的手指有多修長，頭髮的光澤是什麼顏色。

她更不會想要像一隻小狗般，將鼻尖埋進他們的頸際，深嗅他的氣息！

這是她第一次，對一個男人如此意亂情迷！

天啊！天啊～～怡文在心底不斷迴旋著這句話，而且一次比一次更大聲。

怎麼辦？以前的她可以和元朗一同把咖啡言歡、興之所至的跳舞，但是現在，她卻不知道要怎樣面對他！

「過來，阿拉比卡。」元朗將貓咪喚過去，將一盤貓食放在地上。

阿拉比卡從怡文腿上躍下，乖巧地走過去，元朗的手指熟稔地伸到牠頷下，寵愛的搔了搔牠的下巴，笑看著牠開始吃晚餐。

當元朗伸手搔弄阿拉比卡下巴的時候，一種陌生的情潮淹沒了怡文，使她莫名地躁熱了起來，她忽然發覺自己居然有種衝動，想要把下巴伸過去也讓他摸一摸。

當怡文發現自己居然有這麼瘋狂的念頭，不由臉更紅了，她下意識的伸手搧了搧臉，希望他不會注意到自己臉紅的樣子，但偏偏事與願違。

「怎麼了？」元朗注意到她的動作。

「呃……你不覺得今天好像有點悶熱？」

怡文回答的時候，甚至還不太敢看向元朗。

「我去把冷氣溫度調低。」

「不、不，我……我喝點冰水就好。」

元朗點點頭，先倒了杯檸檬水給她，又道：「晚餐馬上就來。」

怡文啜著檸檬水，一雙清澈的大眼則跟隨他的身影轉來轉去，她發現自己根本無法把目光從他身上「拔開」！

元朗在吧枱後準備晚餐，他不慌不忙、遊刃有餘的姿態真是賞心悅目極了。他今天穿了件凱文克萊的V領棉恤衫，恤衫貼著他的身軀，勾勒出結實勁瘦的體魄，每當他從高處取物，手臂的線條賁起如弓，繃著衣袖，充滿了力與美……

不知道為什麼，她忽然有種好餓好餓的感覺。

「怎麼了？」

在怡文出神時，他端上來兩盤沙拉。

「沒有……」她連忙搖搖頭，看見他端上的菜，怡文驚喜地低呼：「嘩～～好漂亮！」

「這是前菜，燻鮭魚沙拉。」他道。

橘紅色的鮭魚薄片，捲成玫瑰花心的樣子，鋪在翠綠色的青菜上，灑上蘆筍、黑橄欖與切細的紅椒，再搭配以特調的橙桔醬汁，看上去簡直令人食指大動。

「看起來好好吃的樣子！」

「嚐嚐看，這沙拉的滋味比看起來更好。」

元朗說得沒錯，當她嚐了一口燻鮭魚沙拉，新鮮的鮭魚薄片在她舌上化開，那滋味美妙得令她沒齒難忘。

「我真不敢相信，你不但咖啡煮得好，連沙拉都有五星級飯店大廚的水準！」

身為女人的她，真的要甘拜下風了。

元朗白牙一閃，笑了。

「大概吧！因為這的確是飯店大廚做的。」

「咦？」怡文愣了下，以為自己聽錯了。

「我煮咖啡還行，但做菜就不太行，加上我想要吃一頓不會鬧胃炎的生日大餐，所以最好的方式就是叫外送。」

怡文不由哈哈大笑。

這一笑，放鬆了怡文緊繃的情緒，往昔和元朗自在相處的感覺又回來了，她開始愉快的享用這頓晚餐。

用完了所有的餐點，連生日蛋糕都吃了，元朗站到吧枱後，在虹吸壺的上座中鋪上濾紙，燃起酒精燈，開始煮水。

看見元朗在磨豆，怡文知道他準備要開始煮咖啡了，立刻興奮地跟過去。

「元朗，你要開始煮咖啡了嗎？」

跳上吧枱最左側的那個老位子坐好，趴在吧枱上，一雙小巧白皙的蓮足在高腳椅上晃呀晃，滿眼的期待，彷彿在盼著棉花糖的小女孩。

她的模樣太可愛，令元朗不由一笑。

「對，妳還喝得下嗎？」

「當然！我還有一個胃，是專門用來裝咖啡的。」她拍拍肚子開玩笑道。

水漸漸滾了，蒸氣將沸水加壓，沸水順著燒瓶裡的玻璃管被壓入上層，這一瞬，怡文感覺自己的脈動加快，血流竄升。

這是她百看不厭的一幕——當沸水與咖啡粉遇合的瞬間，彷彿是終於尋覓到了契合的另一半，產生了動人的變化，香氣發散而出。

這時元朗拿著竹匙，微側著臉注視著咖啡壺，心中估量著攪拌的時間，半隱在眼睫下的目光專注而微低，彷彿蓄著雷霆萬鈞，有如一隻伏低了肩，蓄勢待發的豹子。第二十秒，他出手攪拌，第四十五秒，他再攪拌一次，到了第五十秒，他熄滅火燄，同時移開酒精燈，動作流暢，一氣呵成。

此時，整間咖啡廳早已滿盈濃烈的咖啡香，像愛情的餘韻，引人留連。

他從櫃裡取出怡文專用的杯子，將剛煮好的咖啡注入杯中，推到她面前。

「趁熱喝。」

怡文端起咖啡杯，啜了一口不加糖也不加奶的原味咖啡。

「還是這麼好喝……」捧著熱熱的杯子，她閉眼發出滿足的嘆息。

自從大學時代迷上喝咖啡後，她每天固定要來一杯，但是從沒有一家咖啡的滋味，比得上元朗煮的那樣教她回味、百喝不厭。

「元朗，從實招來，你到底在咖啡裡面加了什麼？為什麼只要喝過你煮的咖啡，就再也離不開這間咖啡館？」

元朗燃起一根菸，俊顏在淡藍色的煙霧後面若隱若現，微笑如謎。

「硬要說的話，我確實是在咖啡裡，加了一味獨門秘方……」

怡文的好奇心完全被挑起，不自覺的傾身向前。

「真的？是什麼？快告訴我！」

「這可是商業機密，我怎麼能洩漏？」他故意慢吞吞的賣關子。

「噢！別這樣嘛～～」她盧著他，「我們都認識這麼久了，你就透露一點口風嘛！」

這個妮子！元朗被她盧得發笑。

「好吧！我只告訴妳一個，妳絕不能告訴別人。」

「好，我用人格擔保，絕對不說出去！」說完，還像童子軍一樣豎起三指。

元朗移過菸灰缸，彈了彈菸灰後，才道：「是『想像』。」

「想像？」怡文超驚訝。

他微瞇起眼，望著她道——

「每當我在煮一杯咖啡的時候，我就想像我正和我愛的女人做愛。」

什麼?!

怡文先是一怔，接著臉蛋緋紅起來。

「做……做……」她舌頭打起結。

「……愛。」他替她接完話，然後仰頭大笑起來，「怡文，妳口吃了！」

怡文登時有些氣惱。

「討厭！我問正經的，你卻在開玩笑！」

天啊！他對她說那種話，害她的臉燙得都可以煎蛋了！

「我沒騙妳。」他取來一顆咖啡豆，放在掌心裡，直視著怡文的目光道：「在烘焙這些咖啡豆的時候，我想像我正和它們戀愛，我拿捏它們的分寸，揣測它們的溫度，發揮最大的耐心，想著要怎樣和它們相處，才能讓它們展現最美的滋味與風情。」

被元朗的眸子鎖定，怡文感覺自己彷彿被催眠。

「當我煮咖啡的時候，我便想像自己正要與心愛的女人做愛，」他的聲音忽然變得徐緩而低沉，「愛情是火燄，而我是水，當愛情慢慢將我加熱，我便逐漸沸騰，透過這虹吸管的甬道，我將自己推向她，淹沒她，讓她在我的擁抱中慢慢融

化，喚醒她們獨特的芬芳……」

天！她頭腦暈眩，心跳得好快，寒毛立起，裸臂上甚至起了雞皮疙瘩，她甚至可以感覺到體內血液興奮的奔竄著！若不是因為坐著，怡文懷疑自己會雙腿癱軟！

如果這是誘惑，絕對是一等一的高竿！

在這樣迷離的氛圍、這樣的熾熱的目光，以及這樣勾惑人心的聲調中，沒有一個女人能不受吸引！

但在此時，元朗按熄香菸，往前傾身，雙肘靠在吧枱上，嘴角噙著一抹懶洋洋的笑，那雙直視她的魔魅幽瞳，就像是魔法師的雙眼，或一池召喚人的深潭，隨時會將她的靈魂帶走。

「怡文，妳知道嗎？每段愛情其實都帶著苦澀，有時候它甚至難以入口，即便是這樣苦澀，但細細品嚐之後，卻能感覺喉間醇香的回甘……」

彷彿能感受到那分甘醇一般，怡文不由下意識的舔了舔唇瓣。

但這無意識的動作，卻使元朗眸心燃起一把火炬，不自禁地伸指從她唇上撫揉而過。

這動作太親密，怡文驚訝地眨眨大眼睛。

「元朗……」

那花瓣般的柔唇，引得元朗俯下頭，他的吻似蝶翅，從她的唇角輕柔地拂過，如嬉戲般一閃而逝。

在那一瞬，本能掌控了一切，怡文不由屏息，眷戀地偏過頭去追索、挽留那稍縱即逝的蝶吻。

她的回應，使他喉間發出一聲壓抑而模糊的低吼，長久以來的自制力鬆動了，他托起她小巧的臉蛋，覆上了她的柔唇。

兩唇的交會，猶如致命的雷電，那來自心靈深處湧上的愉悅，使他們不由自主的發出一聲嘆息。

他的舌沿著她的貝齒緩慢的探索，接著深入她絲滑的口中，糾纏她、撩撥她，品嚐她甜美的滋味與那分柔潤細緻。

怡文被元朗的吻逗弄得幾乎忘了呼吸，一種無以名狀的愉悅感，使她的背脊掠過一陣陣的輕顫。

這時她模糊的想起，在大學的迎新舞會上，她曾被一個學長竊吻過，她以為那就是「吻」，但和元朗的吻比起來，才明白那根本算不上是吻。

元朗的吻是如此深入，如此親密，就像是……此生等待已久。

他令她感覺完整。

察覺怡文嘗試著回應他，元朗的唇角揚起一抹滿意的笑弧，她的反應是如此生澀，但卻一點也不曾減少他對她的渴望。

他不再緩慢探索，而是以一種直接而火熱的方式佔有她的雙唇，與她的舌纏綿。

忽然，咖啡館的門上，響起了輕敲。

起初他們都沒有注意，直到輕敲變成鍥而不捨的重拍，將他們兩人打斷。

「該死……」元朗不得不放開怡文，胸腔如風箱般鼓動。

怡文則紅透了臉看向別處，他注視著她酡紅的臉蛋，嫣紅腫脹的雙唇，令他差點想要將她拉進懷中，再次吮嚐她的美好。

做了幾下深呼吸平復自己後，元朗從吧枱後走出來。

「我去看一下是誰。」

元朗才拉開門，一記輕快的「哈囉」便傳了進來。

這熟悉的聲音令怡文一愣，她回過頭，正好與進門的紅衣女子四目相對。

居然是魏玲雅！

玲雅顯然也沒想到怡文會在這裡，兩人一打照面，都怔住了。

「玲雅？」怡文詫異的問。

玲雅迅速堆出滿臉笑，「我剛路過這裡，看見咖啡館雖然關著，但裡頭透出燈光，我想元朗應該在店裡，所以順便買了些消夜帶過來，沒想到怡文也在。」

「謝謝，但我們才剛吃過晚餐。」元朗說。

「這樣啊，那還真不湊巧。」「我們」？玲雅細細玩味著這個詞，一雙略帶詢問的美眸調向怡文。

玲雅是個極擅長察言觀色的人，她發現她的闖入似乎打斷了什麼，只有他們兩人的咖啡廳氣氛微妙，咖啡廳中央的一桌二椅，還有怡文雙頰與唇上的可疑嬌豔……她很可能選錯了時機前來，不過，這也讓她心裡有個底，讓她明白還有誰是

潛藏的情敵。

在玲雅銳利的注視下，怡文不知為何有種心虛、想逃的感覺。

「很晚了，我想我也該回去了……」怡文囁嚅著說。

元朗正想阻止，玲雅卻早一步開口。

「我車子就在附近，不如就讓我送妳回去？」

玲雅都這麼說了，怡文似乎沒有拒絕的理由。

「謝謝，那就麻煩妳了。」

「走吧！」玲雅勾著怡文走向門口，開朗地對元朗笑著，「拜拜，我改天再來喝咖啡。」

元朗甚至來不及開口，玲雅就像一陣風似的將怡文帶走了。

上車後，玲雅不急著發動車子，反而打開車內的燈，她有些問題要立刻向怡文求證。

「怡文，妳今天是不是和元朗約好一起吃飯？」

微挑的眼線，將玲雅的眼眸勾勒得有些犀利，怡文發現自己竟有些害怕。

「我……只是來幫元朗慶生。」

「今天是他的生日?!」玲雅登時風雲變色，「妳明知道他的生日，上次我打電話問妳的時候，為什麼要騙我說妳不知道？」

怡文忙搖頭，「我沒騙妳！我也是今天才知道的。」

世上哪有這麼巧的事？玲雅根本不相信她。

玲雅強壓下怒意，問：「怡文，妳老實告訴我，妳該不會也喜歡元朗吧？」

怡文在第一時間想否認，卻無法否認。她向來就不是一個會說謊的人。

玲雅一雙厲眸緊盯著怡文越來越慘白的臉，再問：「上次我問妳和元朗的關係，妳說你們只是認識四年的老朋友，難道妳也是今天才發現自己愛上他的？」

「我……」怡文嘴唇顫抖，不知如何回答。她的確是到了今天，才發現她早就愛上元朗卻不自知。

見怡文完全無法否認，玲雅重重地閉了閉眼。

「果然被我猜對了！貝怡文，我們朋友一場，沒想到妳居然是這種人！」

她失望又挫敗的表情，令怡文好難過。

「玲雅——」

「妳知道嗎？以前我從來不相信一見鍾情這回事，但是當我遇見元朗，他的存在輕易的瓦解了我過去的信念，我就這樣愛上了他，而我甚至對他還不了解——妳明白這種感覺嗎？怡文，我是真的毫無來由的愛上他。」

怡文垂眸看著自己放在腿上的手，心裡微微泛苦。

她當然明白這種感覺——因為所有找她陪同去相親的女孩，跟她說的都是同一套，她們都經歷過這毫無理性的一刻，她早已見證過無數次的愛情奇蹟。

只是這些奇蹟，從未降臨在她身上。

好不容易當她意識到愛情的降臨時，卻與玲雅愛上了同一個男人。

「妳曾告訴我，妳和元朗認識了整整四年不是嗎？妳和他認識了這麼久的時間，為什麼偏偏現在才要跟我爭？妳是故意的嗎？還是覺得這樣耍人很好玩？貝怡文，我到今天才看清楚妳的為人！我真是錯看妳了，虧我還把妳當成好朋友看待，妳卻是這樣回報我！」

玲雅的指責，像一把又一把的鋒利刀子，毫不留情的砍向怡文。

「事情不是妳想的那樣……」被朋友這樣誤會，怡文眼眶都紅了。

「妳這是幹什麼？該不會是要哭了吧？」玲雅見狀，簡直快受不了了，「拜託妳搞清楚狀況，該哭的是我才對吧！」

「玲雅，我不知道該怎麼說……我真的很抱歉……」她雖極力隱忍，但眼淚還是掉了下來。

「怡文，妳知道嗎？我不管這是不是因為妳的『能力』所造成，但我真的從未對一個人感情如此強烈，這種毫無來由的一見鍾情，我此生未曾有過，我想……這可能是我第一次這麼瘋狂的想要和一個人在一起。」

玲雅深吸一口氣，重重地閉了閉眼睛，將眼淚硬是忍了回去。

發動引擎，在引擎的運轉聲中，她的聲音仍是如此清晰：

「我知道我這麼說很過分，但如果妳真的對我感到抱歉，真的當我是朋友，就不要介入我和元朗之間，這是我唯一的請求，倘若妳做不到——」玲雅咬咬牙，決絕地吐出，「那我們的交情就到今天為止！」

第四章

翌日——

貝家電鈴響起。

想起陳媽一早便出去買菜，貝君頤披了晨褸下樓，按下對講機。

「找誰？」

「妳好！我是宅配，有一束花指名送給貝君頤小姐。」

君頤翻了個白眼——天！真不知道又是哪個偶像劇看太多的傢伙想出來的耍浪漫把戲，真會找麻煩！

「知道了。」

片刻後，君頤抱著重得要死兼阻礙視線的九十九朵紅玫瑰進門，一不留神，她絆到一個重物，腳下一個踉蹌，整束玫瑰脫手飛出，火紅花瓣灑了一地。

「天啊，我到底踩到了什麼……怡文?!」

君頤低頭一看倒抽一口氣，簡直不敢相信倒臥在地毯上呈爛泥狀的「物體」，居然是自己妹妹！

怡文眨了眨惺忪睡眼，在靠枕堆中蠕動了下，手裡還抓著電視遙控器。

「嗚……大姊妳踢到我了。」

君頤聽了差點沒昏倒。

「妳這麼早躺在客廳地板做什麼？」

「嗯……人家在睡覺……」怡文含糊不清地道。

「要睡幹嘛不回房睡？等等……妳昨晚該不會就是在這裡過夜的吧？」

「嗯~~是啊……」

君頤抓起怡文的耳朵咆哮：「不成體統！妳以為家裡沒大人了嗎？啊？要睡回

房睡！」

「嗚，好啦好啦～～」

怡文只好從靠枕堆裡爬出來，步伐遲緩的回房去。

看著怡文無精打采的背影，君頤不覺有些擔心。

「真不知道那妮子吃錯什麼藥了？」

又翌日——

已出嫁的貝家老三貝露琪，中午到出版社交完畫稿，與丈夫韓兆堂一同用過午餐後，然後繞道至「青木定治」買了馬卡龍禮盒當伴手禮帶回老家，才一進門就看見二姊怡文抱著一桶爆米花，眼睛眨也不眨地看著無趣的午間電視節目。

「咦，二姊，妳今天在家啊？」露琪微訝的問。

「嗯……」

「妳吃過中飯了嗎？」

「嗯……」

「書店今天公休嗎？」

「嗯……」

奇怪，二姊的書店不都是週一固定公休嗎？但今天不是週一啊！

而且二姊說話都沒什麼表情，真的很不對勁喔！來試探她一下好了。

「二姊，妳知道嗎？今天……今天外面下大雪喔！」露琪開始胡說八道。

「嗯……」

「而且聽說麥可．傑克森和貓王復活了耶！」

「嗯……」

「白宮發布新聞稿，說歐巴馬決定要和小布希在一起。」

「嗯……」

露琪見怡文不管她說什麼反應都一樣，不由驚慌失措起來，抓起二姊用力搖晃著。

「天啊！二姊，不要嚇我，到底發生什麼事了？」

被露琪這樣一晃，怡文總算清醒了一些。

「咦？露琪，妳什麼時候回來的？」

暈～～

「二姊，妳是不是哪裡不舒服？我陪妳去看醫生好嗎？」露琪好擔心的說，還摸了摸怡文的額頭。

「我沒有不舒服啊！」

「真的？」露琪還是不放心，「可是妳兩眼無神，看起來不太對勁……」

「我很好。」

「真的？」露琪半信半疑。

「真的啦！」怡文強調。

再翌日——

怡文帶了一本搞笑漫畫到庭院裡，可是她翻開漫畫，看了很久還是在看第一頁。閱讀是她最喜歡的事，但不知道為什麼，連最輕鬆好笑、字數最少的漫畫也看不進去。

「二姊？」

突如其來的聲音，讓怡文嚇一跳。

她轉過身，看見一身西裝筆挺，提著公事包的弟弟貝一葦就站在門邊。

「一葦，你怎麼突然跑回來了？」

身為貝家唯一的兒子，繼承貝里建設集團成為貝一葦責無旁貸的責任，隨著父親投身於建築業界，為將來接班做準備。

「我是幫爸回來拿資料。」貝一葦揚了揚手上的光碟。

其實那只是一張空白光碟片，他特意跑回來，只是因為分別接到大姊和三姊的電話，她們都說二姊怪怪的，他放心不下，所以特地選在午間返回老家一趟。

「二姊，妳今天沒到『鉛字館』去啊？」他若無其事的問。

「嗯……」怡文迴避著弟弟關心的目光，不知道該用什麼藉口合理化自己的蹺班。

「人總會有倦勤的時候，累的時候就停下來休息一下，不要太勉強自己。」

怡文微笑，「我知道。」

貝一葦仔細端詳怡文的表情，「妳看起來氣色真的不太好，是不是有什麼煩惱？」

怡文忙搖手，「沒有沒有，我怎麼會有煩惱？哈哈……」

「明晚國家音樂廳有一場很棒的演奏會，我們一起去聽好不好？」

那一瞬間，怡文覺得好感動。

她這弟弟從小就非常細心，非常體貼，長得又帥，若不是他一再聲明早已心有所屬，她一定會將身邊最好的女性友人介紹給他！

「一葦……」怡文拍拍弟弟的手，「我真的沒事，不要替我擔心。」

「我們是一家人，有什麼事不要放在心底不講。」

怡文忍不住笑出來，「欸，我們之間到底誰比較大啊？」

「妳，不過妳老是迷迷糊糊的，我覺得我當妳哥還比較合適。」貝一葦一本正經地道。

「我哪有迷迷糊糊？」怡文鼓起兩腮抗議著。

「怎麼沒有？妳——」

怡文看得出貝一葦還想說些什麼，但就在此時，他的手機傳入一通簡訊，貝一葦看完簡訊後無奈地嘆口氣。

「我得回去開會了。」

「嗯，別讓同事等，快回公司去吧！」怡文催促著。

貝一葦往門口走去，走到一半又折回。

「怎麼啦？是不是忘了什麼東──」

怡文話未說完，貝一葦張開手臂，摟了摟嬌小的怡文，還開玩笑似的將她抱起，怡文忍不住咯咯笑了出來。

「二姊，有事隨時給我電話，雖然我現在比較少住在老家，但我們永遠是姊弟，可別跟我生疏了！」貝一葦不放心地叮嚀。

「我會的。開車開慢一點，注意安全！」

與弟弟道別後，怡文闔上漫畫。

既然沒有心思看書，也不想再悶在家裡，乾脆出去走走吧！

暖煦的日光，非假日的午后，沒有目的、不必趕時間地緩慢散步，其實是件非常享受的事。

怡文穿著印有大頭狗的白色T恤，刷白牛仔褲，踩著一雙黑色人字拖在街道上閒逛，忽而一名端著咖啡的粉領族與她擦身而過，不小心撞上了她。

「抱歉抱歉！」對方急急道歉。

「沒關係。」

對方離去後，還留下一縷要命的咖啡醇香，勾動了她胃裡對咖啡因的相思，令她忍不住深深吸了一口空氣中的殘香。

天啊～～她幾天沒喝咖啡了？起碼三天！天知道她有多想念咖啡的滋味。

怡文的雙腳像是自有其主張似地掉轉了方向，往怡然咖啡館的所在地走去。

離「怡然」越近，怡文的腳步就越輕快。當她看見咖啡館門口那個藍白相間的半圓拱頂小雨篷時，她的臉上露出大大的微笑。

站在對街，怡文強自按捺著想飛奔過去的衝動，望眼欲穿地等著交通號誌上的小綠人出現。不料，在這時候，她看見靠窗的位置上，坐著一抹搶眼的火紅身影。

是玲雅。

號誌轉換，小綠人伴隨著導盲的布穀鳥鳴輕快地漫步起來。

行人像魚一般穿梭在斑馬線上，怡文卻覺得自己的腳重得像是舉不起來。

想起三天前玲雅對她說的那番話，怡文不知為何覺得胃部緊縮了起來。

還有十五秒。

怎麼辦？要進去嗎？可是她若去了，玲雅會不會不高興？

還有十秒。

布穀鳥鳴頻率變快變尖銳，小綠人像是被狗追似的開始急促奔跑。

還有五秒，五、四、三、二……

怡文咬著下唇，站在咖啡館的對街，怎麼也不敢踏出那一步。

號誌轉紅，汽機車像是被放出閘門的獸，喧囂地再度佔據路權。

怡文氣沮地垂下頭，安慰自己：不去「怡然」也沒關係，至少到處都買得到超

商的便利咖啡。

每當咖啡館門上的銅鈴響起，元朗總下意識的希望走進來的是貝怡文，但每次的希望都成了失望。

距離他生日，已過三天。

這三天，怡文不曾出現在咖啡館，倒是她的朋友魏玲雅天天來。

發生了什麼事？怡文從不曾這麼久沒來。

他生日那一晚，他吻了她，卻來不及向她表白。自那一晚以後她不再來找他，這代表什麼？她生氣了？需要時間想清楚？或是對他沒感覺？他想知道這三天她的小腦袋裡在想什麼。

至於魏玲雅——他不知道是不是所有室內設計師都這麼閒，魏玲雅竟可以在咖啡館一待就一個下午，不厭其煩的詢問每種咖啡豆的名稱與特質。

看在怡文的面子上，元朗努力壓抑心中的不耐，盡量滿足魏玲雅的好奇心——

但天知道，他已經快將耐性用盡，因為玲雅的問題越問越私人，對他的興趣顯然高過咖啡，已經快要令他忍無可忍！如果不是顧慮到她是怡文的朋友，他早就將她列為拒絕往來戶。

元朗走進吧枱後的休息區，拿出iphone，迅速搜出舊日死黨的電話，撥號。

電話響了很久，好不容易才有人應聲。

「哈啊～～喂？」電話彼端先是一記長長的哈欠開場，足見對方仍處在嚴重睡眠不足的狀態。

「阿濤。」元朗的聲音中帶著低氣壓。

懶散樣迅速消失，換上精力充沛的聲音。

「喲，是元朗啊！怎麼會想到打給我？真是蓬華生輝、蓬華生輝啊！」

呆子，「蓬華生輝」不是這樣用的！但元朗沒心情糾正他。

「怎麼會打給我？是不是有意思要回劇組來啊？」

「如果我沒記錯，劇組最近剛殺青對不對？」

「對，怎樣？」

「你現在有沒有空？」元朗的聲音持續低沉。

「有有有！只要是你找我，我隨時有空。」

「那好，你現在馬上到『怡然』來。」

「要幹嘛？」

「代班。」

阿濤的腦袋一下子轉不過來。「嗄？代班？有沒有搞錯！」

「我等你四十分鐘。」說完，元朗掛掉電話。

三十八分鐘後，阿濤風塵僕僕的趕到「怡然」。

「天啊！元朗我真會被你搞瘋……」阿濤用快死的口氣嚷道。

「『怡然』交給你了。」元朗拍拍他的肩說道。

「到底是有什麼火燒屁股的事？」元朗從不拜託別人的，真的很反常喔！

「改天再說。」

「等一下啊～～費老大要我問你，你最近有沒有在寫劇本……」

不管阿濤在背後哇啦哇啦地喊什麼，元朗逕自拿了鑰匙，提了紙袋，從後門開

了休旅車就離開，直奔「鉛字館」。

鉛字館內依然播放著輕輕柔柔的音樂，櫃枱上依舊插著一大束滿室生香的香水百合，店員林婉玉坐在櫃枱後Key in即將上架與將要PO上網的書籍資料。

元朗闖進寧靜的鉛字館，他的模樣太急躁，讓林婉玉有些訝然。

「元先生？」

元朗深吸一口氣，強迫自己定下心神。

「我找怡文。」

「她今天請假喔！」

「請假？」這個答案令元朗意外。

林婉玉起先猶豫了一下，接著小聲透露，「事實上，她已經請假三天了。」

元朗微蹙起眉，「怎麼了？她生病了嗎？她明天會不會來上班？」

「不知道耶，貝大小姐沒交代。」其實她也有點擔心，可是她又不好過問老闆的私事。

怡文沒來上班，竟是貝君頤代為請假的？到底發生什麼事了？

「謝謝，這咖啡請妳喝。」

元朗將裝了兩杯咖啡的紙袋放在櫃枱，腳跟一旋，離開鉛字館，開車直驅貝家。

三天見不到怡文，他既困惑又不安，但當他知道她已三天沒上班，他的心裡只剩下擔心。

「唔……不好喝，這個呢？嘩，不行，酸味好重～～」

怡文手裡提了一大堆外帶咖啡，從便利超商、星巴克到咖啡專賣店的現煮外帶咖啡，就是沒有一杯喝起來可以取代元朗為她煮的咖啡。

怡文超沮喪的。

怎麼辦？今後她要去哪裡解她的「咖啡癮」？

乾脆幫婉玉加薪，請她每天下午去「怡然」幫她買咖啡？不行，元朗認識婉玉，他一定猜得到婉玉是幫她買，只有她才會點特調咖啡，也只有元朗知道她愛喝

的口味。

「傷腦筋……我的味蕾已經被元朗寵壞了。」

怡文看著自己滿手沉重的袋子，裡頭裝的都是只喝了一口的咖啡，不知道為什麼，她竟然有種鼻子酸酸的感覺。

天色暗了，怡文拖著有氣無力的步伐回家。

彎進巷口時，她忽然看見一抹熟悉的身影。

就在那千分之一秒的瞬間，怡文直覺地倒抽一口氣，踉蹌後退兩步，慌忙將自己的身軀藏回轉角後面，感覺自己心臟跳得很快。

她……沒看錯吧？站在家門外的是……元朗？

元朗站在貝家對面的那盞昏黃的路燈旁，路燈把他的身影拉得好長，他靠著圍牆而立，一手拿著菸，一手握著攜帶式菸灰缸，路燈下，她看見他的菸灰缸堆滿了菸蒂。

天，他在這裡站了多久？現在還是咖啡館的營業時間，他怎麼會跑出來？

忽然，貝家的鏤花大門被人從裡面打開，元朗立即按熄了菸，站直了身軀。

怡文看見陳媽端了一杯水出來給元朗，元朗婉拒。

「二小姐還沒回家欸，她也沒帶手機出門，元先生……你要不要改天再來？」

「沒關係，我不趕時間。」

「我有打電話給大小姐，她交代請你進屋去等。」

元朗再度婉拒，「謝謝，我在這裡等就好。」

「這樣厚……」陳媽也不知道該說什麼，「那……不然你渴了再跟我說，這種天氣要多喝水才不會中暑，屋裡還有很多檸檬水，不要客氣。」

「謝謝。」

陳媽進屋去了。

元朗又重新靠回牆邊，準備再燃一根菸。

躲在轉角處的怡文，這一刻心抖得劇烈。

他……真是來找她的？可是，她還不知道要怎麼面對他……

元朗在彈開打火機時，忽然嗅到一縷絕不會錯認的味道。

怎麼會有咖啡的香味？

他轉過頭，不意與躲在轉角只探出一顆頭的怡文打了個照面。

「怡文？」這是她家，她躲在那裡做什麼？因為不想見到他嗎？

想到這裡，元朗的眼色黯了幾分。

怡文嚇了一跳，沒料到會被元朗發現，她有點想逃走，可是又覺得很沒禮貌，只好硬著頭皮走出來。

「嗨！」她有點心虛地打招呼，卻不太敢正視他。

「嗨。」元朗收起香菸，看著眼前微低著頭的小腦袋，感覺很複雜。

看見她人好好的，沒病沒痛，他很高興，想緊緊擁住她；可是想到她整整消失三天，都不去找他，讓他寢食難安，又很想吼她，他不知該說什麼，最後，他只好挑了一個安全的話題開頭。

「妳去買咖啡？」元朗看著她手上提滿了袋子，皓腕上勒出許多紅紅白白的痕跡。

「呃……」

「買這麼多，全都是妳要喝的？妳喝得下？」他取了一杯，看見杯子上印的字

樣，表情忽然變得有些嘲弄。「City Café？什麼時候開始妳改喝這種咖啡？」

「不是……」她急急否認。

「想喝咖啡為什麼不去我那裡？」

怡文抬起頭來望住他，表情有些驚惶失措，什麼都還未說出口，眼眶已經紅了。

在這沉默的時刻，元朗驀然明白了她心中想的，卻說不出口的話——

她想要找出能取代他煮的咖啡。

這個認知，使他感覺自己的心像是被無形的利爪抓破一個洞，痛徹心扉。

很好，今晚總算沒有白來，至少他得到了他要的答案。

元朗平靜地將那杯咖啡放回袋中，還她。

「我走了。」

怡文提著滿手冷掉的咖啡，他轉身離去時，她的心也涼了大半。

她知道元朗一定誤會了，她張口，聲音卻卡在喉中，喊不出來。

有時候，人不會意識到這個人對自己的重要性，人都是在即將失去時，才測得

出這個人在心底的重量。

為什麼她總喜歡往「怡然」跑？為什麼她什麼話都能跟他說？過去她從未正視過這些問題，直到玲雅宣告她愛上元朗為止，那一刻，她才驚覺自己心底真實的感情。

天！她是這麼盲目、如此遲鈍，不曾察覺元朗對她而言，早已不只是一個朋友，他對她的在乎，也早就超越了朋友的界限，是她一直視而不見。

「元朗，我不懂，為什麼愛神的金箭老是繞過我？你說，我會不會是被丘比特給遺棄了？」她曾這麼問他。

「妳想太多了。」

「你又知道了？」

「妳的幸福已經在前面等妳，只是妳還沒有發現而已。」

殊不知她誤會了丘比特，他並沒有摒棄她，是她忘了傾聽心的聲音。

當時她沒有聽出他的弦外之音，她現在發現了，可是……這一切會不會太遲了呢？

怡文蹲在地上，將小臉埋在膝上哭得好傷心，沒有發現元朗在此時折返。

元朗原本已經走遠，但上車前卻看見她在路燈下縮成一團哭泣的樣子，她的眼淚摧毀他的理智，讓他的心可怕地揪緊著，到最後，他走不開——

他沒有辦法丟下正在哭泣的怡文走掉！

「怡文……」

他的手觸上她顫抖的肩，將她摟進自己懷裡。

怡文在淚眼矇矓中，發現元朗居然折回來，她低喊一聲，哭著抱緊他，用含糊不清的聲音對他喃喃說話。

「……我也不知道為什麼會這樣……嗚嗚，但我真的不是故意的……我好討厭自己……嗚嗚……」

「怡文，妳先別哭，有什麼話慢慢說。」她像是非常沮喪，非常煩惱，一直嗚咽咽地哭得非常傷心，但她說了什麼元朗完全有聽沒有懂。

「你不懂……我覺得很內疚……嗚嗚，我不知道該怎麼辦……元朗，我$#%&……我$#%&……」

怡文哭到最後，講的話根本已變成外星語，超乎元朗的理解範圍。她重覆著同一句話，元朗努力分辨她的外星語，一直到第五次，他才聽懂了她的話，而那句話，卻深深震撼他的心。她說——

「元朗，我喜歡你……」

第五章

怡文在鏡子前端詳自己的臉。

「嗚……好醜！」

眼睛腫得像核桃，鼻子紅得像打過一百次噴嚏……她居然用這樣哭得亂七八糟的臉向元朗告白，真難為他沒有嚇得退避三舍！

而在措手不及之下被告白的元朗，居然非常鎮定。

他先將她從地上扶起，然後問她：

「我們需要談一談，要去妳家，還是由我決定？」

「隨便……可是我想喝咖啡，一定要你煮的才行。」她一邊抹淚一邊說。

元朗笑了，「知道了。」

於是怡文上了元朗的休旅車，元朗先是開車載她在市區繞了繞，待她情緒完全平復後，才載她回自己家。

「這是什麼地方？」怡文有些迷惘，她還以為元朗會載他到「怡然」。

「我家。」

怡文抬頭，看見的是一棟日式平房，外觀看起來就像一個老爺爺那麼老，卻保養得非常乾淨，很有味道。

「我怎麼好像在哪裡看過這間房子啊？好像是某個冰淇淋廣告……」

元朗低笑，替她說出口：「抹茶宇治？」

「對對對……」

「嗯，我借他們拍過廣告。」

對即將進入單身男子家毫無防備，也不懷疑他是否別有用心，卻淨想起一些有的沒的——這就是貝怡文，單純而不懂得懷疑。

看見元朗脫鞋，怡文也跟著脫鞋。

「我去拿雙室內拖鞋給妳。」元朗道。

「不不不，我想打赤腳。」她忙阻止，「赤腳踩在原木地板上多舒服呀！」

說完，怡文將鞋脫在玄關，享受赤足踩上原木地板的感覺，每走一步都有木製地板特有的輕微剝啄聲。

客廳裡沒有多少家具，電視，音響，CD架，矮几，兩張長沙發，靠窗的地上養了一盆綠竹，此外別無長物，清楚明瞭。

「喵～～」阿拉比卡迎上來，親密地摩挲元朗的腿，好像在對他說「歡迎回家」。

「我回來了。」元朗一掌托起藍灰色的貓兒放在肩上，「這是怡文，記得嗎？」

「喵嗚～～」

「嗨，阿拉比卡！」怡文摸摸牠的下頷，阿拉比卡舒服地半瞇起藍綠色大眼。

就在她和阿拉比卡打招呼時，她不經意看見玄關牆上鏡子裡的自己。

「啊！」怡文發出一聲慘叫。

「怎麼了？」

她慌慌張張地用手遮起半張臉，「廁所……我要借廁所……」

「玄關盡頭，左手邊，燈在門邊。」

「謝謝！」

她拔腿就衝進廁所，關上門的第一件事，就是先洗了把臉。

洗了臉後看起來雖然好多了，但對紅腫的眼睛鼻子好像沒多大作用。

「超丟臉的！」

怡文躲在浴室裡發愁，根本不敢用這張臉出去面對外頭的元朗。

不過……再難看也得出去，她總不能一輩子把自己反鎖在元朗的浴室裡吧？

怡文嘆了一口氣，終於走出浴室。

一走出浴室，她就聞到令她眷戀數日的咖啡香。

對！就是這個味、就是這個味！

怡文循著香味來到開放式廚房，看見元朗將剛煮好的咖啡倒進杯子裡。

「咖啡煮好了。」

「謝謝。」她拉了中島枱邊的高腳椅坐下，面容一整，端起咖啡先深深嗅聞咖啡香氣，才開始緩緩啜飲。

每次看著她用如此珍視、虔敬的態度對待他煮出的咖啡，元朗的眼中不由盈滿笑意。

「咦？這是……巧克力摩卡？」怡文有些驚訝，以前元朗說過，「巧克力摩卡」根本不能算是咖啡，只能算是甜品。「為什麼？」

「我奶奶說，巧克力是安慰哭泣的孩子最好的特效藥。」

「啊？可是我又不是小孩子！」怡文抗議。

說完，兩人一起笑了起來。

在這相視而笑的片刻中，一種昔日的熟悉感又回來了，但彷彿又多了一種難以言喻的親密感。

沉默的氛圍，讓兩人都有些不知所措，當怡文想起自己今晚的告白，不覺又多了幾分難為情。

「我去放音樂。」元朗走向CD櫃，「妳想聽什麼？」

「我看看……」怡文放下杯子，也湊到CD櫃前，「我想聽爵士——」

忽然，怡文愣住了。

她發現，元朗的CD櫃上有好多相同但重覆購買的CD，有的甚至有三張之多！新舊不一，而且那些CD看起來都那麼眼熟——

然後，怡文忽然明白，那些看來眼熟的專輯，全是她前幾天送給元朗的CD！

「原來我送你的CD，你早就都買啦？」怡文忽然覺得自己好傻氣，還曾為了元朗說他每一張都喜歡而沾沾自喜，原來人家只是客套而已。

「你都有了怎麼不跟我說呢？」怡文想要努力保持微笑，卻顯得萬分勉強，「送了一堆你原本已經有的CD，你一定覺得很困擾，不知道該怎麼處理吧？」

「不，我很高興。」

他的回答，令怡文詫異地抬起頭。

元朗望住她，目光似墨濃，令她心悸。

「因為是妳送的，所以每一張我都想要。」

在元朗的注視中，怡文心跳如雷，耳際嗡嗡作響，她覺得自己的雙腿像煮熟的義大利麵條一樣發軟。

她覺得頭昏昏的，感覺這一切好不真實——可能嗎？元朗會喜歡她嗎？

過去，愛神的金箭總是繞過她，成全她身邊的人，像是她的朋友，她的妹妹……甚至是不相干的人，她不知親眼目睹過多少次身旁的男女因為她的關係一見鍾情、成雙成對。

她偷偷期盼了好久，卻老是等不到屬於自己的幸福，等得幾乎心灰意冷——這一次會有奇蹟發生嗎？可能嗎？她喜歡的人，也喜歡著自己？

「『我前面有著幸福，只是由於種種意外，它姍姍來遲而已。』」元朗輕聲唸著他們曾經談論過的羅蘭．巴特的句子，垂眸凝視著她，「現在，它已經來到。」

「元朗……」怡文伸手，想要碰觸他的臉龐，卻又不敢。

她真的好怕這一切是丘比特的惡作劇，只要她一碰，最美好的夢境就會破碎，她又回到過去那個不曾遇見愛情的自己。

元朗卻在她縮回手之前握住她，拉著她的手，放在自己臉上。

「怡文，我愛妳。」他望著她說。

怡文震動了一下，屏住呼吸，胸口彷彿有什麼滿溢著。

「我愛妳，從四年前第一次見到妳開始，我就一直愛著妳，這麼多年來，我始終在等妳真正將我看入妳的心底。」他微笑，「而現在，我想我終於等到了。」

一滴清淚，緩緩滑下怡文的臉龐，但一朵好美好美的笑容，卻在她的唇上綻放。

曾經，她以為世界上不可能有人會愛上她了，但他卻說，他一直在等她。

暗戀著一個人，是微酸的甜蜜；而兩人相愛，是世上最美的奇蹟。

她終於等到了，屬於自己的奇蹟。

怡文發出一聲輕喊，投入元朗的懷中，他抱住了她，低下頭來尋著她的唇。

在兩人激切的擁抱中，不知誰的手撞著了音響的開關，音響裡流洩出曲子「The Blower's Daughter」，Damien Rice那略帶著嘶啞的聲音唱著——

And so it is, just like you said it would be，（就這樣，一如你曾說過的）

Life goes easy on me most of the time……（大部分的時候生活就這樣過去

了……)

I can't take my eyes off you，(我無法將視線從你身上移開)

I can't take my eyes off you，(我無法將視線從你身上移開)

I can't take my eyes off you……(我無法將視線從你身上移開……)

阿拉比卡趴在窗枱上，看著這對緊緊擁吻在一起的戀人，打了一個大大的呵欠。

夜好深了，該睡了……

怡文醒來的時候，發現自己置身在陌生的地方。

亮麗的晨光從玻璃窗灑入，吊扇在天花板無聲地轉動著，彷彿從很遠很遠的地方有車聲隱隱流過，此外一切如此靜好。

這是哪裡？

怡文先是困惑，然後，記憶猶如回歸的潮汐，她回想起昨晚的一切——

昨晚，她哭著向元朗告白，她被元朗帶回家，生平第一次夜不歸營，她先是……然後元朗就……最後兩人就……

怡文悄悄掀開被子，往裡頭看了一眼——

被子下，她不著寸縷。

天啊！那不是夢！

她倒抽一口氣，驚慌地彈跳而起，差點跌下床，幸好一隻健臂攔腰一抱，將她穩穩地撈回床上。

嚇死人了！還好有驚無險。

怡文閉眸舒了一口氣，睜開眼，不意卻對上元朗放大的俊容。

「早。」

「早、早……」她的芙頰飄上兩朵彤雲，講話不由自主的結巴。

「怎麼突然跳起來？」

「沒事、沒事，呵呵……」她覺得自己心臟跳得好快。

「睡得還好嗎？」早晨的元朗嗓音低沉，格外有磁性。

「好、好，很好、很好……」怡文覺得自己好像退化成一隻學舌的九官鳥。一早就和元朗四目相對，俊男在側，美色當前，這……這對心臟太刺激了——不對！她在想什麼?!這時候她不應該還在垂涎元朗的美色吧？

但是當她對上他的目光，她的腦中卻有如塞進軟呼呼的棉花，不能運轉，眼底全是他，只有他。

昨晚，她將自己給了出去，很難形容那是什麼樣的感覺——就好像……不再是原本的自己了，因為愛情的緣故，使自己成為一個全新的人。

晨光灑入臥室，清風拂動簾幔。

他倆彼此注視著，毋須多餘的言語，就這樣把對方看入自己心底。

元朗伸手，溫存地將她頰畔的髮絲勾到耳後，然後滑至她頸際，略一施力，兩人的唇便膠著在一起了。

元朗輕輕翻身，將她壓進柔軟的大床上，兩人身軀交疊著，他的肌膚暖著她的，因為羞澀，她瑩白的皮膚漾出粉櫻般的豔澤。

他吮嚐她，探入她絲絨般的口中，與她的舌尖共舞；他的大掌滑過她的臉蛋，

秀頸，香肩……一路往下，停留在她敏感的腰肢後側，輕摩撫弄，怡文攀著他寬闊的肩，細細輕吟。

兩人親密地吻著，四肢交纏，吐息融在一起，氤氳的熱意，使得身體逐漸沸騰了起來……

元朗分開她的腿，置身於她之間，在奔赴歡愉的前一刻，他漆黑的眼眸鎖住身下的怡文，專注地凝視著她。

過去，他曾在無數的夜晚夢想過這一刻，而今她就在自己的懷中，渴望化為真實，這分美好的感覺令他幾乎嘆息。

怡文雙唇嫣紅且微微腫脹著，眼眸濕潤，目光迷濛，流轉間有如水波蕩漾。

「元朗？」

聽見她喚了他的名字，他咧開一抹令她心悸的微笑。

「我在這。」然後，他緩緩地進入她。

怡文抽了一口氣，那分緊密與充實，男女間最親密的連繫，令她目眩神迷。

當他開始律動，世界彷彿失速了，她無法思考，只能攀附著他。

在猶如覆滅般的高潮過後，怡文渾身嬌軟，無力動彈，伏在他的胸膛上嬌喘不已。

她累慘的模樣令元朗憐愛地笑了，他將她調整了一個較舒服的臥姿，圈著她癱軟的嬌軀，與她耳鬢廝磨，輕吮她的耳垂。

「元朗？」在朦朧入睡之際，怡文呢喃低喚。

「嗯？」

「不要走開……」

「我不會。」

聽見他的保證，怡文的唇彎起一抹笑，放心地睡著了。

元朗低首，在她瘦伶伶的肩上印下一吻。

「我愛妳。」

當怡文再度醒轉，已是彩霞滿天的黃昏時分。

「嗯……」她先動身子，接著緩緩睜開眼睛。

「醒了？」帶著笑意的聲音在她頭上響起。

怡文眨了幾次眼睛，終於完全清醒過來。

「幾點了？」

「四點半。」

怡文瞠大眼，接著發出哀號，「我一天沒回家……完了！等我回去後，我姊會殺了我！」

她飛快跳下床著裝，但她足尖才落地，便聽見好大一聲怪音——

「咕嚕～～」

怡文大窘，尷尬得要命，真不知要按住肚皮好，還是蓋住自己羞愧的臉好。

元朗笑，「妳先去沖個澡，我去弄點吃的，然後再送妳回去。」

半晌後，怡文帶著微濕的髮從浴室裡走出來，赤著足來到廚房，看見元朗背對著她，正在煮義大利麵。

看著他寬闊的背脊，一種深愛到不知如何是好的感覺，讓她感動得想哭。

曾經以為自己被丘比特和月老列入黑名單，只能羨慕別人的好姻緣，沒想到，

她也能與人相戀相愛，體會愛一個人原來是這麼幸福的事。

她慢慢地走過去，靠近他的背，然後將自己的臉頰貼在那副令人安心的寬背上，像無尾熊似的環抱住他勁瘦的腰。

「洗好了？」

貼著他的背，元朗的聲音，彷彿是從身體的最深處傳來，令她不禁微笑。

「嗯。」

「麵快煮好了，妳先去坐著。」

「我陪你啊！」她孩子氣的說著。

元朗想笑，煮個麵有什麼好陪的？但他想寵她，任由著她賴在他身邊。

吃過義大利麵，又喝了一杯咖啡，元朗送怡文回家。

「用走的，不要開車好不好？」怡文說：「晚風涼涼的很舒服，就當作是散步，吃飽飯散散步有益健康啊……」

元朗望著她，看出她其實在拖時間。

怡文紅著臉低下頭，覺得自己的企圖表現得太明顯，有些不好意思。

「妳一天沒回家，家人會擔心。」他牽起她的手，「走吧！」

「咦？」

「不是說想散步？」

怡文眼眸亮了。

「嗯！」

望著伸向她的大手，她深吸一口氣，將自己的手覆上，與他十指緊扣。

「走吧！」

牽著他的手，走在涼風習習的路上，怡文在心底拚命祈禱，要上帝幫助她緊緊握住這手，不讓幸福輕易離去。

回到貝家，貝家女主人——也就是怡文的大姊貝君頤，正在客廳裡恭候兩人大駕。

「喲，我們的二小姐總算回來了啊！」

不知道為什麼，看見大姊的表情，怡文覺得好像看見鯊魚在笑，害她忍不住打了個寒顫。

自母親過世後，貝家就是父親主外，大姊主內；貝君頤就像是當家主母一般，號令整個貝家上下，家裡的事一概由她說了算，俗話說「長姊如母」，他們這些弟妹，對貝君頤可是又敬又愛。

「過去二十四小時打了幾百通電話也沒人接，也不知道是私奔了還是被綁架了，我們可是著急得都要報警了呢！」貝君頤一面喝著玫瑰花茶，一面慢條斯理的說著。

「對不起……我忘了帶手機出門……」怡文羞愧地垂下頭。

「我猜，你們大概去了無人島了，那裡連個電話也沒有？」

元朗是個聰明人，當然知道貝君頤的矛頭轉向他了。

「是我的疏忽，我應該打個電話讓怡文跟家裡人報個平安。」

「人既然平安回來就好，怡文，妳回房去，姊有話要跟元朗說。」

怡文擔心地望住元朗，她猜不出大姊留元朗說話的用意，只怕元朗會因為自己

的關係被罵。

「姊，是我不好，跟元朗沒關係，妳不要怪他……」

貝君頤幾乎失笑，妹妹都還未嫁出去，就先學會胳臂往外彎了。

「幹麼？他那麼大個兒，我能對他怎麼樣嗎？」她故意挑眉說道。

「怡文，沒事的，」元朗給她一抹安心的笑容，「妳先回房，晚一點我打電話給妳。」

怡文猶豫了一下，才挪動腳步往房間走去，臨去前還一步三回首，像是非常的不放心。

「我妹妹八成以為我會對你下毒手。」貝君頤不禁好笑的說。

元朗笑了，「她只是擔心連累我。」

「讓她擔心一下也好，這樣以後她就不敢不知會家裡一聲而外宿。」貝君頤展手，往沙發一指，「坐吧，陪我喝杯茶！」

「是。」

元朗接過陳媽端來的花茶，習慣性的先聞香，再品茶。

「怡文給你添麻煩了，先跟你說聲謝謝。」她朝元朗舉杯。

「她沒有給我帶來任何麻煩。」

貝君頤彎唇一笑，「看你們一起進門的樣子，我想你們開始交往了？」

貝君頤冰雪聰明，元朗也不打算隱瞞，很乾脆地承認了。

「是。」想起昨日，元朗的目光柔了。

「你等了她多久？兩年？三年？」

「四年。」

這數字令貝君頤微微一震。元朗可真是個有心人！

「如果那妮子一直不開竅，你也打算一直等下去嗎？」貝君頤不由好奇地問。

其實，元朗也沒有想過，萬一怡文始終當他是個朋友，他是否要繼續守在那家為她開設的咖啡館裡？他對待愛情的態度，就像對待一株很有個性的花苗，不到無法堅持的時候，絕不輕言放棄。

「如果她一直沒有對象，我想我會繼續等下去。」他淡淡地說。

他的語氣是那麼平淡，卻令貝君頤內心震懾。

她見過太多追求者，聽過太多愛情誓言，那些人在那個當下說出的話，或許都是真心的，但是，他們說得出卻做不到，一百個人之中，鮮有一、二肯花心思去實踐當初的諾言。

反觀元朗，他從未承諾過什麼，也從未以任何追求花招試圖讓怡文改變她對他的既定印象，不張揚亦不炫耀，他心甘情願為了所愛的女人默默地守候，不願為了縮短等待而擾亂怡文的心。

他相信每個人的愛情自有其時，有些人開竅得早，有些人開竅得晚，而有些人則是在很久以後，才會明白當時所以為的愛並不是愛。

「我們家怡文，是個幸運的女孩。」

元朗卻笑著輕搖了下頭，「或許幸運的是我。她非常單純，沒有機心，不矯揉造作，但她的內心，卻有很豐富的感情。她對待一隻小貓，一盆花草，或是一本舊書、一杯咖啡，都充滿了感情，我想從她眼睛所看出去的世界一定很美麗，我希望我能一直被她用這樣的目光注視著。」

貝君頤被元朗的話所感動了。

「有人曾說，怡文是貝家三姊妹中最容易被忽略的，這話曾令我非常生氣。」

君頤輕道：「對我而言，怡文就像一塊溫潤的玉，或許不夠璀璨亮眼，但了解她的人，會欣賞她質樸純淨的美，我很高興有人能和我一樣注意到她的優點。」

「怡文很幸福，有妳這樣的姊姊。」元朗誠心的說。

君頤眼波一轉，紅唇輕揚，「這可不表示，我就原諒你們讓我操了一整天的心！」

「我保證這種事以後絕不再發生。」元朗正色道。

「這還差不多。」

送元朗出門時，元朗忽然停下腳步。

「怎麼了？」君頤以為他忘了什麼。

「我忽然想到，我一直忘了告訴妳，有時愛情並不是我們所以為的那個樣子，不要被假象所蒙蔽。」

「哦？」君頤不解。為什麼要特意跟她說這個？

元朗露出一抹意味深長的笑。

最聰明的女人，在面對愛情時，也往往看不清真相。

「我花費四年，等到了我所愛的人，卻有一個人還在等待。」

君頤防備地環抱雙臂，「你指的是我和雷明彥的關係？」

「不，是另一個。」元朗對君頤笑了笑，「我走了。」

啊？什麼跟什麼?!他到底想說什麼？

貝君頤站在門口，元朗那句意味不明的話困住了她，忽然——

「啊，討厭的蚊子！」

君頤決定進屋去，將元朗的話拋向腦後。

第六章

「元朗，你不用去店裡沒關係嗎？」

「嗯，沒關係。」

「真的沒關係？」怡文不放心地再問了一次。

「真的沒關係，我已經請人代班了。」元朗笑道。

當阿濤發現自己居然不是只有代班一天，而是整整一星期，臉都綠了，直嚷著誤上賊船，不過已經來不及了。

「這樣啊！」怡文聽了，心裡暖暖的。

「怎麼了？」連正在開車的元朗都注意到她的笑意。

「我……開心啊！」怡文笑得眼兒彎彎，「因為，這是我們第一次正式約會呢！」

元朗聽了，眸色柔了，他分出一隻手，一路上都與怡文十指緊扣。

這天，他們決定去花蓮，取道北宜高速公路，再從蘇澳接蘇花公路到花蓮，非假日的高速公路車流順暢，預估車程約一個半小時，但怡文一點也不覺得難捱，能夠和喜歡的人在一起，就算只是坐在車裡都開心。

因為怡文說，很想在夏天結束前看看夏天的海，元朗就計畫了這次的旅行，他訂了民宿，準備在海邊慵懶地消磨時光。

元朗訂的民宿，是白屋藍頂的希臘風格，當東台灣的陽光灑在小屋上，白色小屋閃動著耀眼的光。

「好可愛！好漂亮！空氣好新鮮！啊～～我真喜歡這裡！」

一進入房間，行李才放下，怡文就高興地跑來跑去，一下推開窗戶，一下子走到陽台，一下子跑進浴室，嘴裡不停地讚嘆著。

元朗訂的是雙人房，兩張單人床，一般女生進房間會先注意這個，但她眼裡只有花蓮的美景。

元朗笑看著怡文像個好奇的孩子般探險著，眼底滿是縱容。

「元朗，快來看！」怡文站在窗邊對他招手。

他走過去，先感受到一陣涼風拂來，略帶著海水的鹹味，接著展現在面前的，是一幅碧海連天的絕景。

「好美！」為這一片動人的藍，怡文感動得嘆息。

元朗伸手，將怡文攬入懷中，讓她的背契合著他的胸懷，他的下巴擱在她的頭頂。

「想不想去潛水？」元朗問。

怡文聞言，眼睛一亮。

「可以嗎？」

「我預約了潛水教練。」

「萬歲！」怡文開心地歡呼。

東海岸的海邊，沙子特別細，海水特別的藍。

換了潛水衣，聽教練講解完裝備與注意事項，他們開始練習潛水。

由於兩人都會游泳，所以很快就抓到竅門，開始自由地探索海底世界。

因著台灣東北角特殊的海灣地形，能抵擋洶湧的潮流，吸引了豐富的海洋生物在此棲息，清澈的海灣內約有八十幾種魚類出沒，以隆頭魚科、蝶魚科、雀鯛科、粗皮鯛科等較多，尤其變色雀鯛的出現率最為頻繁。

在藍色的水波中，五顏六色的魚兒在他們身旁自在穿梭，他們好似也化為兩條人魚，在海中悠遊。

怡文對海底世界著迷，若非天色漸暗，加上教練不斷催促，她還捨不得離去。

「下次絕對還要來！」她下定決心似的說。

元朗笑看她晒得紅通通的臉蛋，問：「餓不餓？」

「超餓的！」游泳不知為什麼特別容易餓。

「我們去吃燒烤。」

結果，元朗帶了怡文去了一家生意興隆的燒烤店。

新鮮的蝦蟹魚貝，蔬菜，用炭火烤了，灑上岩鹽，美味得令人暈眩。

「好好吃！」怡文吃了一尾新鮮的大明蝦，滿足地眉開眼笑。

元朗將新鮮的蛤蜊放進錫箔盒中，當蛤蜊烤熟後，盒內便盛滿了鮮美的湯汁。

「試試這個。」元朗將盒子遞到她唇邊。

怡文嚐了一口，「好鮮美！」她也遞了一隻已剝好殼的明蝦到他嘴邊，笑著餵他，「你也吃呀！」

元朗看了她一眼，握住她的皓腕，就著她的手慢慢地吃掉那隻蝦子，最後，他將她的纖指含入唇間。

他的舌，充滿挑逗，而他的眼神，則訴說著比舌頭更加誘惑的事。

怡文的小臉泛起薄暈，連耳朵都紅了。

他放開她的手後低語，「先放過妳，等晚一點。」

晚一點？當她明白他所指為何，心跳不由加快了些，有些緊張，又有些期待。

晚飯後，他們到海邊散步。

遠離城市的光害，東台灣的天空滿是星光。

「早知道花蓮這麼美，真不該等到現在才來！」與元朗手牽手走在沙灘上，怡文完全愛上這裡的悠閒與美景，真想就此住下。

「明早我預約了外海賞鯨，下午去太魯閣國家公園。」怡文聽他說著明天的計畫，大眼裡滿是嚮往。

「元朗，你花了很多很多時間計畫這一切嗎？」怡文忽然問。

元朗挑了下眉，「為什麼問？」

「因為……我覺得很感動，從沒有人為我花費那麼多心思……」她的眼眸濕潤，看起來像是要哭了。

元朗愛憐地輕撫她的臉蛋，道：「別想那麼多，我喜歡妳看笑，只要妳開心就值得了。」

「元朗……」她踮起腳尖，在燦爛的星光下，在溫柔的浪濤聲中，她攀下他的頸項，主動親吻了他。

晚上返回民宿，他們躺在各自的單人床上，面向著對方，兩人隔著兩臂之遙的

距離相互凝視著，玩了一天應該累了，但不知為何卻都不忍入睡。

「元朗……」怡文終於鼓起勇氣問：「我可以過去嗎？」

元朗微微一笑，揭開薄被。

怡文鑽入被中，和他擠在一張單人床上。

他抱住她柔軟的腰肢，她環抱著他寬闊的胸膛，傾聽他沉穩的心跳聲，感受兩人肌膚相親的溫暖，不由滿足地輕嘆一口氣。

她好喜歡賴在他身邊，只要能待在他身邊就覺得滿心歡喜。

「元朗，你為什麼要訂兩張單人床？」她終於問出這個令她困惑的問題。

「因為我不想讓妳有壓力。」他輕聲回答。

怡文抬頭望住他，清澈的眼眸帶著些許羞怯。

「那個……明天可不可以換一個床大一點的房間？」

她的話令元朗胸腔振動，逸出一串低笑。

「好。」

他翻身，將她壓在身下，然後吻住她。怡文閉上眼，回應著元朗的吻，任情潮

將她捲入萬丈波濤中，在他的熱愛中擺盪著，被他的溫柔所淹沒。

星夜無語，只有海濤聲輕吟到天明。

台北的晚上九點，毫無預警地下了一場驟雨。

怡然咖啡館門上的銅鈴乍響，一抹明麗的身影走進。

吧枱後的元朗抬起頭，看見走進店內的是魏玲雅。

進門皆是客，元朗一律揚起招牌微笑。

「歡迎光臨。」

看見元朗又站回吧枱後方，她的眼睛一亮。

「嗨！總算見到你了！」

今天她穿著幹練的套裝，西裝外套內是低胸綴著珠片的小背心，極短的裙下，露出一雙修長美腿。

「一杯咖啡，老樣子。」她喜歡在點咖啡的時候說「老樣子」，彷彿她和元朗

之間有某種默契。

玲雅在吧枱前落坐，刻意地往前傾身，低胸領口下，飽滿的雙峰若隱若現，精緻描繪的眼妝，帶著若有似無的挑逗。

元朗經營咖啡館四年，什麼樣的女客人沒見過，對於各種賣弄風情的小動作早已無動於衷。

他轉身從櫃內取出兩種咖啡豆，以適當比例加以混合，開始將咖啡豆磨成粉。

「我剛下班，順道彎到這裡看看你回來沒有，你好久沒到店裡來了！看來你晒黑了不少，發生什麼事了嗎？」玲雅看似閒聊般的問著，事實上一雙銳利的眼卻牢牢盯著元朗臉上的每一分表情。

「只是給自己放了一星期的假，所以拜託朋友來代班。」元朗淡淡帶過，並不想多說。

「啊，以後你可不能隨便休假，否則我要上哪解我的咖啡癮？」

元朗笑，「阿濤煮的咖啡，妳喝不慣嗎？」

「那種代班小弟煮的半吊子咖啡已經不能滿足我，我的舌頭早已經被你養刁

了！」

玲雅的本意是想討好元朗，卻沒注意元朗的眉目清冷了幾分。

「是嗎？」他垂眸，點燃酒精燈，不再接話。

玲雅並不曉得，阿濤絕非什麼「半吊子的代班小弟」。

阿濤曾在法國知名咖啡館修業七年，雖然外表看起來吊兒郎當，但他對咖啡品質的要求，絕對龜毛到不下於元朗。「怡然」之所以一直不請工讀生，就是因為對咖啡的要求太過堅持，一般工讀生根本達不到元朗的要求，若不是阿濤肯幫忙，過去一星期，他是寧可公休的。

九點半之後，雨勢漸漸停歇，大部分的客人趁著雨停走出咖啡館，趕著回家。

轉眼間，咖啡館只餘兩、三桌客人。

趁著人少，元朗較為清閒時，玲雅又道：「元朗，我有事想拜託你。」

元朗揚了下眉，「什麼事？」

「是這樣的，我和我朋友打算合夥，在捷運地下街開設咖啡廳，我朋友是主要出資者，我則負責店內設計與管理，目前雛形已備，但是唯獨咖啡豆的門路還沒個

底，不知道你能不能給我一些建議？」

「妳想經營咖啡廳？」元朗感到有些意外。

「是啊！因為遇見你，所以對咖啡產生興趣，剛好有朋友在找合夥，所以我就參一腳了。」見自己的話題，成功引起元朗的注意，玲雅笑得更甜，「雖然只是小小投資一點，到底我還算是個門外漢，為了避免投資失敗，只能來向你討教啦！」

元朗沉默半晌，不明白玲雅為什麼忽然想開咖啡廳。

台灣的咖啡廳競爭非常激烈，加上便利超商打出平價咖啡策略，幾乎讓市場呈現飽和狀態，若不能走出屬於自己的獨特性，找出屬於自己的客群，生存的機率微乎其微。

玲雅是怡文的朋友，他猶豫著要不要提醒她這些，但玲雅見元朗不說話，以為元朗不樂意，立刻加把勁的盧他。

「元朗，大家都朋友，拜託幫個忙嘛～～」

見她雙手合十，把他當神拜，元朗不禁好笑。

「既然決定要開咖啡廳，還是要多做功課才行，」元朗隨手取來一張杯墊，寫

下一些價格公道、品質可靠的盤商，「妳可以先到這幾個地方看看，這幾家盤商的老闆對咖啡很有熱情，妳可以多去和他們請益。」

「我的合夥人曾建議我去找『Drop』。」

元朗不以為然地挑了下眉，「『Drop』的價格雖然低，但是咖啡豆品質良莠不齊。」

「原來如此，既然你這麼說，我就不將『Drop』列入考慮了……」玲雅又掏出一份資料，「你可不可以煮這幾款咖啡讓我試飲，雖然這幾款咖啡都含有巴西咖啡豆的成分，但是消費者口味似乎較偏好這兩種……」

「或許不只是咖啡豆成分的問題，與烘焙度也有關。」元朗從櫃內取出烘焙度不同的咖啡豆，讓玲雅品評分辨。

在無人看見時，玲雅的唇角彎起了一抹得逞的笑——

太好了！A計畫，成功！

今天元朗肯幫她，以後她就有更多藉口可以接近他了。

她想，人都是日久生情的，只要她製造機會多和元朗相處，並且迎合元朗的興

趣，憑她的條件，時日一久，她就不信元朗不動心！

因為魏玲雅的關係，元朗比平常晚了半小時才離開咖啡館。

「元朗，謝謝你幫我，我覺得今天收穫好多！」

「別客氣，改天見。」

關上燈，鎖上門，元朗朝自己的休旅車走去。

玲雅眼看著獨處的機會就要消失，她情急下，連忙喊住他。

「元朗！」

元朗停下腳步，微側著臉。「還有事？」

「元朗，為了答謝你，我請你吃消夜好不好？」玲雅眼中滿是期待，找藉口想與他多獨處一會兒。

昏暗中，他的表情莫測高深。

萬籟俱寂，在等待他回覆的那一刻，玲雅聽見自己心臟狂跳的聲音。

「別放在心上，魏小姐是怡文的朋友，我幫點小忙是應該的。」

聽見元朗這麼說，玲雅完美的微笑登時垮了下來。

難道，對他來說，她的定位至今仍只是……怡文的朋友？

沒想到，即使人不在，但怡文的影子始終站在她與元朗之間，是她最大的威脅。

「抱歉，我先走了。」

元朗朝她一頷首，發動引擎，轉眼便將車子駛出巷道。

看著遠方紅色的車尾燈，玲雅的眼神不由得流露出幾許幽怨。

同一時間，鉛字館的燈卻還亮著。

店門雖已掛上「CLOSE」的牌子，但因為進門處的牆上有油漆剝落的情形，所以怡文特意留下來補擦油漆。

沒想到，這時卻有個不速之客擅自推門而入。

「嘿！怡文，幸好妳還在店裡！」

「家欣，好久不見！」

看見許久不見的老朋友，怡文顯得很開心，立刻從長梯上爬下來，她一手拿刷子一手提油漆桶，穿著舊圍裙，頭上戴著以舊報紙折成斗笠狀的帽子，臉頰上還沾到一抹油漆，造型一整個很噱。

「怎麼有空來啊？好久沒看到妳了，妳最近在忙什麼？王爸爸和王媽媽都好嗎……」

家欣揮了下手，打斷怡文的未竟之言。

「怡文，我只是來問妳，這星期六妳有沒有空？」

「星期六？不行耶，星期六我得看店……」

「喔，對！我忘了妳的店休是週日和週一，」家欣拍了下自己的額頭，「那妳這兩天撥一天給我吧！就這麼說定了！」

怡文眼兒一亮，「要去聚餐嗎？太好了！小佩和雅雅她們也會來嗎？我好久沒看見大家了，真想念你們……」

家欣噗哧一笑，「當然不是啊！妳在想什麼啊？我來找妳，是希望妳陪我去相

親！」

「相親……」怡文的笑容，變得有些呆滯。

「怡文，妳知道嗎？我們業務部最近換了經理，妳知道他長得像誰嗎？他長得爆像吳彥祖的！而且，聽說他還是老闆的姪子，妳說，條件這麼優的男人我豈能放過？我好不容易找藉口約他出來，妳一定要陪我去！把妳的桃花運分給我，這對我很重要，妳一定要幫我這個忙！」

「不行啦！家欣，我這禮拜真的不行……」

「不會花妳太多時間的，妳只要去一下，促成我們的良緣就好了，到時妳就可以去忙自己的事，不用陪我們也沒關係……」

怡文垂眸，不言不語。

見狀，家欣不由有些生氣了。

「怡文，我當妳是朋友才來拜託妳的，妳就真的連出一點力也不願意？妳忍心看我白白失去一樁好姻緣嗎？」

「不是不願意，我只是覺得……就算我不去，妳也可以試試看，先和他從朋友

做起啊！」

「什麼？」家欣傻眼。

「難道妳不覺得，和一個人從相識，到了解，到交往，是一段很美的過程嗎？愛情不就是在這些過程裡，一點一滴產生的嗎？」

家欣目瞪口呆的看著怡文，好像她在說外星語。

「喏，就拿咖啡來說吧！如果想要喝咖啡，將即溶咖啡粉倒進熱開水裡，其實也可以喝到，可是，真正美味的咖啡，是需要一點一滴的蒸餾，慢慢地守候，這樣才能真正喝到咖啡的精髓與靈魂……」

「噗哈哈哈……什麼咖啡的靈魂？妳是不是工作壓力太大啦？」家欣捂著唇，笑到雙肩抖動。

怡文無奈。

好吧！她是不擅長比喻，可是她為什麼笑得像是看到志村爆笑劇？

「家欣，我沒在開玩笑，我是認真的……」

「好了啦，別再開玩笑了！我們言歸正傳，」家欣正色道，「星期日，下午兩

點在西華飯店TOSCANA，我已經訂好位子了，妳一定要來喔！我的幸福就掌握在妳手裡了！就這樣，拜啦！」

說完，家欣像一陣風般離去。

「等一下，家欣！家欣……」

怡文追到門口，正好看見元朗迎面而來，家欣與元朗擦肩，家欣看見元朗，不由露出驚豔的表情，一雙眼睛直勾勾地盯著元朗瞧。

好……好俊的男人！

當她發現俊男是走進鉛字館，她忙不迭地又折返。

怡文見家欣折回來，心裡鬆一口氣。

「家欣，我真的很想幫妳，但星期天我已經有約了，沒辦法陪妳去……」

但家欣根本沒在聽，她一雙媚眼只顧盯著元朗，元朗目光一冷，被這無禮的目光惹得隱隱不悅，便轉過身避開家欣的注視。

「怡文！」她用手肘推推怡文。

「啊？」

「這是妳朋友嗎？快幫我們介紹一下！」家欣低聲催促。

那一瞬間，怡文以為自己聽錯了。

「妳說什麼？」

「幫我們介紹一下嘛！」她將怡文拉到一邊咬耳朵，「這男的好帥，我想認識他！」

「可是……妳不是喜歡妳們公司的業務經理嗎？」

家欣聞言，受不了地翻了個白眼。

「拜託！這有什麼好大驚小怪的？人生那麼短，俊男那麼多，這是個開放的時代，妳別死腦筋了好嗎？」

怡文呆住了。

家欣的意思是，就算腳踏兩條船也無所謂嗎？

此時，元朗走了過來，高大的身影在怡文身旁停下，一手摟住她的肩。

「妳好，我叫元朗，是怡文的男朋友。請問如何稱呼？」

男……男朋友？

王家欣頓時有些尷尬。

她以為怡文今生是跟戀愛絕緣了，沒想到她居然也交得到男朋友?!

「我叫王家欣，是怡文的……大學同學。」

「抱歉，這週怡文的假日已先被我訂走了，希望妳不要見怪。」元朗嘴上說得客氣，但眼神卻透著陰冷。

「不會、不會……」

人家男朋友都開口了，家欣也不好說什麼，更何況，她剛剛還出了那麼大的糗，自然不好再待下去。

「那……怡文，我們改天再約，我再打電話給妳，拜拜！」

家欣離開了，好半晌，鉛字館裡沒有半點聲音。

怡文放下油漆桶與刷子，然後拉下報紙做的斗笠蓋住自己的臉，不一會兒，報紙浮現兩塊濕印。

「怡文……」

「對不起，我有點沮喪，讓我哭一下……」她在報紙下哽咽的說。

元朗嘆一口氣，將她轉向自己，然後抱住她。

雖然沒有聲音，但他感受到她無聲的啜泣。

「家欣她……是我高中時的好朋友，我們已經很久沒聯絡了，今天她特地來找我，我好開心……」她鼻音濃重，並且不停地吸著鼻子，「可是，原來我誤會了，她不是來看我的……她說她喜歡公司的業務經理，所以才來找我幫忙……」

元朗拿開她緊捉的紙帽，抱住她的頭，在她的髮心落下輕吻。

「如果時間許可，我還是願意幫的，可是……她看到你之後竟然說……人生那麼短，俊男那麼多，還說我大驚小怪……」怡文眨下一串淚珠，「家欣她……怎麼會那麼可怕？她已經變成一個我不認識的人，她以前不是這樣的啊！我真的覺得好難過……」

元朗抱著怡文，聽她傾訴傷心話。

「從上大學開始，我就發現自己身上有種奇怪的力量，好像是只要我在場的聯誼場合，就一定會配對成功，畢業後，更是常常被抓去相親……有人還開玩笑的說，妳不該開二手書店的，應該運用天賦去當媒婆，賺得還比較多！」

元朗抱住怡文的手緊了緊。

想起有人曾這樣訕笑她，元朗心中就有股怒氣。

「我早就習慣了，只要是我自己的相親場合，和我相親的對象一定會和別人一見鍾情，不過，我覺得就算自己不能因為這個能力而受惠，但若能促成別人的姻緣，也沒有什麼不好，可是……後來有越來越多人知道我的事，我發現我被當成一種取巧的工具，大家如果喜歡誰，就弄一個名為相親或聯誼的場合，然後找我當介紹人，不必追求，不必花費任何心思，就可以擁有他們夢寐以求的愛情。」

怡文抬手抹掉臉上的淚。

「可是，愛情是可以這樣輕易操縱的東西嗎？我甚至覺得，我的存在，對愛情而言，根本就是最大的諷刺！」

「怡文……」元朗嘆息了。

「我變得很不快樂，也好討厭這樣的能力，如果有上帝的話，我真的很想問祂『為什麼是我？』，『這種能力何時才會消失？』有一陣子，我不知道該怎麼辦，真的好沮喪。後來，有一次我去看電影『蜘蛛人』，裡面不是有句名言嗎？『能力

越強，責任越大。』這句話讓我停止負面思考。

「我想，這樣的能力也許是月老或是丘比特賜給我的，我應該好好利用我的能力來做點什麼，或許幫助更多人擁有屬於自己的愛情就是我的使命……可是，有時候我會懷疑，我的想法是不是太天真了？」

怡文的眼淚落得更急了。

「畢業之後，我慢慢發現，來拜託我的人，有的根本已經結婚，甚至有人根本已經有了交往中的男女朋友，只是為了尋找刺激，所以想要利用我的能力左右逢源……原本我以為，我所擁有的，是可以使別人獲得幸福的魔法，可是我太自以為是了，事實並非如此，我的能力，也可能造成別人的不幸……我只要想到我或許可能在無意中破壞了誰的幸福，我就覺得好不安、好自責……」

元朗心疼的抱緊懷中默默垂淚的小傻瓜。

「慢慢的，我開始不能確定愛情是什麼，它是否真的存在?後來，我又變得不敢交朋友，我只想要隱藏自己的能力，我覺得好累，再也不想管那些事……但總是有人千方百計的透過各種管道找上我，他們不肯放過我……」

元朗捧起怡文淒楚的淚顏，憐惜地、細細地啄吻著她，他先是輕吻她紅通通的鼻頭，而後是被淚水沾濕的唇瓣。

起初，怡文一直沉浸在憂傷裡，並沒有感覺元朗在吻她，但元朗用吻一次又一次地喚回她，直到她感覺他的存在，並且開始投入、回應他的索吻。

在他溫柔的親吻與溫暖的懷中，怡文終於慢慢地止住了眼淚。

元朗取來面紙，輕輕擦去她臉上的淚水，因為眼淚太多，居然還把臉上沾到的水性漆洗掉了。

「妳看，妳的眼淚多到把漆都洗掉了。」元朗拿面紙給她看，面紙上果然沾了一抹粉綠。

「噗……」怡文鼻子還紅著，卻忍不住格格笑了起來。

這一笑，難過的感覺頓時減輕不少。

元朗牽著她在櫃枱後坐下，然後在她面前蹲下來。

「哭了那麼久，渴不渴？」

「好渴……」她不好意思地承認。

元朗輕點了下她的紅鼻子，然後像魔術師一樣變出一杯咖啡。

「元朗，你怎麼辦到的？你真是我的英雄！」

她誇張的語氣，使元朗失笑。

「下班後從『怡然』帶過來的，不過妳哭太久，咖啡應該涼了。」

她打開杯蓋，迫不及待地咕嚕嚕喝掉大半杯後，滿足地發出「啊」的一聲。

「你煮的咖啡，就算涼了還是很好喝。」

「謝謝啊！」

看見她因為喝著他煮的咖啡而露出笑容，元朗覺得工作一整天的疲勞都沒了。

「元朗……你覺得，愛情到底是什麼呢？」怡文茫然的問。

「如果妳四年前問我，我會告訴妳，愛情就是無悔的等待；如果妳是現在問我，我會回答妳，愛情是使一個人感覺幸福的能力；如果二十年後問我，我可能會回答妳，愛情是那個使妳還能感受四季更迭的回憶。」

怡文沒好氣地說：「很好！你果然是羅蘭・巴特的信徒，解構得真是徹底！謝謝你啊，經過你的解說，現在我覺得更模糊了。」

「怡文，其實妳的問題，恐怕沒有人能回答妳，這是一個最巨大最複雜的申論題，對一百個人而言，愛情就有一百種呈現方式，只有親身經歷過的人才會明白。」

「元朗……」怡文忽然想到一個過去她始終沒想到的問題，「你談過很多次戀愛對不對？」

元朗忽然僵住。

牆上咕咕鐘裡的假鳥，忽然在此時跳了出來，非常不識趣的伸著腦袋，拍起雙翅，快活地旋轉起來。

咕咕，咕咕，咕咕……

叫了十二次後，牠又縮了回去。

鉛字館內安靜依舊，怡文那雙濕亮如黑葡萄般的眸子，仍然一瞬也不瞬的望著元朗，等待著他的回答。

元朗的額頭冒出三條黑線。

「……對，很多次。」他終於承認。

他不想騙她，他確實曾經很荒唐。

「所以，你剛剛說的那些，全是你的經驗談囉？」

元朗忽然覺得有點頭痛起來，不由伸指揉了揉太陽穴。

「怡文，妳看過波提切利的『維納斯的誕生』那幅畫嗎？」

「嗯啊。」

「愛之女神維納斯，她是從海洋的泡沫中誕生，日後，每當她再度回到海中沐浴，她就會回復成處子，宛如新生。」

「是喔？」

「當我看著那幅畫，我明白了一件事：愛的瞬間，就是創始的瞬間。或許我有很多過去，但是當我遇見妳，真正明白什麼是愛情，過往的一切，就像是被海水洗去，不再存有任何意義。」

怡文眨了眨大眼睛。

「你覺得你這樣說，我就不會想知道你的過去了嗎？」

「怡文……」

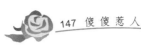

「哈～～鬧你的啦！」怡文抱住元朗，貼著他的臉頰說道：「我不知道在別人眼裡，愛情究竟是什麼樣子，我只知道，現在的我非常滿足，也非常幸福，因為期待能見到你，所以每天睜開眼睛都覺得開心，我想……這就是愛情了吧？」

「我想是吧！」元朗環住懷裡纖瘦的嬌軀，微笑地低語。

第七章

元朗與怡文都放假的時候，最常做的事就是去租一堆影碟，買一堆滷味或零嘴，窩在他家裡，兩人一貓悠閒地看片子。

他們看片子的品味很不一樣，怡文喜歡輕鬆的喜劇片，但元朗卻喜歡艱澀難懂的藝術電影。

怡文笑點很低，每次看喜劇片都笑到抱肚，可是元朗卻只是配合地揚一下唇角而已；看藝術電影時，只有元朗一個人聚精會神，而怡文在看了二十分鐘後就頭一歪，呼呼大睡起來。

儘管他們對電影的品味是如此不同，但他們卻一直相安無事，畢竟，他們最喜歡的，還是兩個人窩在一起，享受彼此陪伴的感覺，至於看什麼電影，反倒沒那麼重要。

「星期二是婉玉看店吧？」看完一部輕鬆的愛情喜劇，元朗將碟片從放映機中取出。

「嗯。」怡文不明白他怎麼忽然問起這個。

「來不來我店裡？我煮咖啡給妳喝。」

元朗那飽含著寵愛、溫柔的聲音，就像惡魔的催眠似的，教她如何拒絕？

「我……」怡文的頭就要點下去的那一瞬，理智的一方連忙拉住了她。

「我……我想還是不去了。」

「為什麼？」元朗有些訝異。

「最近……店裡進了很多二手書和二手CD，必須建檔和上架，我怕玉姊一個人會忙不過來。」她躲避著他的目光，竭力維持鎮定。

「我會請她喝一星期的咖啡。」

怡文先是吃了一驚，接著笑著瞬他一眼。

「這算是賄賂嗎？」

「大概是。」他垂眸望著她，那充滿誘惑的眼神令人心悸，大手環在她腰間，「來不來？」

「元朗……」怡文仍猶豫著。

「自從我們交往以後，妳就很少到我店裡了，為什麼？」

怡文啞口無言，她無法否認這一點。

「我只是……不想打擾你工作。」她迴避著他的視線說道。

「我不認為那是打擾，」元朗將她拉入懷裡，捧住她的臉，輾轉啄吻著她的粉唇，「我喜歡妳的陪伴，以前妳常在下午偷空溜到我店裡，慢慢的喝上一杯咖啡，和我天南地北的閒聊，我不想在交往後失去這項福利。」

怡文聽了，心裡既甜蜜又酸楚。

其實，她又何嘗不想去？她也好懷念從前像朋友般一起消磨的時光。

只是她每次去，總怕碰上魏玲雅。

元朗不知道，其實她曾去了「怡然」好幾次，只是每次都發現玲雅的車就停在附近，顯然她早就成為店裡的常客，所以她不敢進去，更不敢久留，就怕遇見從店裡走出的玲雅，兩人見面分外尷尬。

怡文永遠無法忘記那一天，玲雅用瀕臨破碎的堅強，對她說的那些話——

「怡文，妳知道嗎？我不管這是不是因為妳的能力所造成，但我真的從未對一個人感情如此強烈，這種毫無來由的一見鍾情，我此生未曾有過，我想……這可能是我第一次這麼瘋狂的想要和一個人在一起。

「我知道我這麼說很過分，但如果妳真的對我感到抱歉，真的當我是朋友，就不要介入我和元朗之間，這是我唯一的請求，倘若妳做不到——那我們的交情就到今天為止！」

當時，她看見玲雅的眼眸裡，隱隱閃著淚光。

玲雅是如此堅毅、自信的都會女子，她的自尊心極強，當時的那些話，是她捨棄了自尊而說出口的，她……不想看見玲雅哭泣。

「改天吧……改天我一定去。」暫時，她只能這樣推託。

「上次妳也是這麼說。」

元朗放開她，沒再說什麼，逕自收拾了桌上的空盤與空杯，轉身走進廚房清洗。

他……生氣了？

怡文有些慌了。

元朗脾氣一向很好，甚少動怒，但她卻惹他不高興了。

「對不起……」怡文怯怯地扯了扯他衣角，道歉著。

元朗背對著她，沒接話。

好吧，這招沒用——換絕招！

怡文慢慢地走過去，靠近他的背，然後將自己的臉頰貼在他的寬背上，像無尾熊似的環抱住他勁瘦的腰。

「對不起嘛～～原諒我好不好？」她畢其功於一役，使出最撒嬌的口氣，絕對要讓元朗怒顏轉晴。

根據以往的經驗，只要她使出「背後熊抱」這項大絕招，不管元朗當時在做什

麼，都會放下手邊的事，與她溫存一番。

可惜，這次怡文失算了，元朗無動於衷。

「那……我不吵你，我回家了，拜拜……」

她失望的拿起包包，獨自落寞地離開。

聽見關門聲，元朗心臟一沉。

她臨走前沮喪的口吻，讓他無法再負氣一秒鐘。

不過是點小事，他是個大男人，難道真要跟她計較到底不成？

關了水龍頭，元朗隨即追了出去。

夜色已深，巷道昏暗，打開門往外一望，轉眼已看不見她的蹤影。

「怡文！」他在夜色中喊。

「元朗，我在這兒！」

元朗猛一轉身，低頭一看，發現怡文就蹲在他家牆角，跟他揮著手，笑得超甜蜜。

「我就知道你會追出來。」她早就料到，元朗再怎麼生氣，也不可能放她走夜

路的！

元朗覺得自己被耍了，一瞬間不知該笑該怒。

「對啊，被妳料中了，這下妳開心了？」他雙手抱胸，連自己都聽出聲音裡的氣惱。

怡文拍拍膝蓋起身，黏到他身邊，挽住他的手臂搖啊搖。

「元朗，你還生我的氣嗎？」

他輕哼，調開目光。

「妳說呢？」

「我猜……你已經不氣了，」她試探性地對他笑，「我猜得對嗎？」

元朗還想氣久一點，至少讓她緊張一下也好，但唇角隱隱浮現的笑意已讓他破功，老天在上，他真的沒辦法對著這樣一張甜蜜的笑臉生氣太久。

「入秋了，晚上很涼，進屋去。」

這句話，應該表示他要跟她和好了。

Safe！警報解除！怡文開心的想。

「好，你牽著我，我怕迷路。」她不由分說的、主動將自己的手塞進他的掌心裡，把他牽得緊緊的，然後對著他咪咪笑。

元朗低頭，震驚且無言的看著兩人緊握在一起的手──就這樣！他簡直無法相信，自己的不悅，竟然被她兩三下就擺平！

他徹頭徹尾的栽在一個女人手裡，而且這個女人具有擺布他喜怒哀樂的能力！這得寸進尺的傢伙！真以為他拿她沒轍嗎？

「過來。」他忽然將她拖進懷裡，一把抱起，將她像一袋咖啡豆一樣扛上肩。

起先怡文沒有警覺，等到發現自己面向著地板，彷彿倒栽蔥一般，嚇得花容失色，驚聲尖叫，兩手亂揮。

「啊～～不要！元朗，這樣好可怕，快放我下來！」

「怕就抱緊一點。」

相對於她的驚慌失措，元朗反倒噙著笑，氣定神閒。

「我不知道抱哪裡啊！拜託放我下來，人家會怕……」

元朗對她的求饒充耳不聞，就這樣嚇她一嚇也好，否則總是自己任她搓圓捏

扁，太沒有面子了！

就算她怕得大叫，元朗還是故意扛著她慢慢走進屋去，走到房間，將她扔到床上。

在怡文還暈頭轉向的時候，元朗修長的身軀覆上了她，略帶報復意味地輕咬了記她的下唇，聽見她吃痛地倒抽一口氣後，他又心生憐惜，舌尖餵探入她的口中，以緩慢且驚人的柔情愛撫她；怡文微蹙的眉鬆開了，輕嚶一聲，環住他的後頸，迎合他的入侵。

「難道妳不知道，任意擺布一個男人，是很危險的事嗎？」元朗貼著她的唇魔魅地低語，教人心跳加速，雙腿虛軟。

「我才沒有……」儘管怡文被吻得近乎神智不清，仍不忘為自己抗議。

怡文嬌喘不已，目光矇矓，彷彿要融化一般的美態，令元朗無法自抑。

「說謊。」他啞聲說完，再一次低俯下頭封住她微嘟的唇。

之後，房內再無言語。

月華如練，一室旖旎。

接下來的夜，元朗奪回主宰權，將那個宰制他喜怒的女人，擺平在他身下，治得服服貼貼。

這天，魏玲雅一如往常的來到「怡然咖啡館」，不過這次她還帶了一個朋友。

「哈囉！元朗，我又來了！」今天的她，依舊打扮得性感亮麗。

「歡迎。」元朗微笑。

「跟你介紹一下，這位是我的朋友，Allen，我專程帶他來喝咖啡。」玲雅壓低聲音說：「他也是個咖啡癡喔！」

一旁的Allen故意咳了兩聲，「我聽到了喔！」

玲雅做了個鬼臉，笑了起來。

「你好，我是元朗。」元朗伸出手。

「我是Allen，」他亦伸手握了握，「這陣子聽說玲雅也迷上喝咖啡，所以一定要她帶我過來。」

「我的榮幸。」

兩人在吧枱前靠窗的位置落坐，元朗看見Allen坐上他為怡文留的位子，低聲開口——

「抱歉，可以請你換個位子嗎？這位子是保留座。」雖然知道怡文不會過來，但他仍為她留下保留席。

「沒問題。」Allen從善如流，換到玲雅右邊的位子。

「謝謝。」

待兩人坐定後，元朗送上兩杯冰檸檬水。

「元朗，你說這位子是保留座，但我從沒看見過這個位子坐人啊！」玲雅好奇地問。

她還記得，不管咖啡館有多滿，這個位子始終是空著的。

「這位子，是保留給我女朋友的。」元朗淡淡地說。

「原來如此！」Allen一聽，不由哈哈大笑。

玲雅卻是臉色一變，笑顏隱斂。

女朋友?!她怎麼不知道元朗有了女朋友?她曾向怡文確認過，她明明說元朗沒有女友的！難道這件事連怡文也不知道？

「不知道元先生的女朋友，是個什麼樣的人？想必是個精明幹練的大美女吧？」Allen與元朗輕鬆的閒聊。

「叫我元朗就好，」提起怡文，元朗剛毅的臉龐變得柔和了，「我女朋友是個有些散漫、胸無大志，連妝都不怎麼化的女孩。」

「真的？」Allen很訝異，在台北，他幾乎沒遇過出門不化妝的女子。

「真的，她總穿著T恤和牛仔褲，踩著人字拖趴趴走。」

「好有趣！她什麼地方吸引你？」Allen好奇道。

「她的自在與單純。」元朗笑道。

玲雅聽完，心一緊。

他……說的是怡文嗎？難道他們已開始交往？

雖然無法肯定，但一隻名為「嫉妒」的獸，正悄悄啃噬玲雅的心。

如果怡文真的隱瞞她和元朗交往的事實，那……她的感情該怎麼辦？

在感情裡，她沒輸過，只有她提分手的分，男人們都只想巴住她，生平第一次，她抓不住一個男人，她好不甘心……

「真希望有機會能見見她。」

元朗笑了笑，「Allen要喝什麼？」

「藍山。」

「一杯藍山，」元朗轉向玲雅，揚起公式化的笑容，「魏小姐呢？」

魏小姐？玲雅聽了心更冷了。

難道，經過了幾個月的時間，對他而言，她仍只是「魏小姐」嗎？

其實，他也知道她都點什麼的，為什麼還要再問一次？

「你知道的，和平常一樣。」她澀澀地道。

「OK。」

心情紛亂，玲雅決定讓自己冷靜一下。

「Allen，我去一下化妝室。」

「好。」

走進化妝室，玲雅撐在洗手枱上，面對鏡子裡的自己。鏡裡的她，化著無懈可擊的妝，穿著合身的DKNY套裝，Manolo Blahnik的高跟鞋，一身都會女子的裝扮，真可笑……沒想到元朗喜歡的對象，卻是個連妝也不化，穿著T恤牛仔褲配人字拖的平凡女子。

今天，元朗還故意問她要點些什麼，但他明明知道的，這幾個月來，她不都點一樣的咖啡嗎？他是記不住，還是故意的？若這是故意的，元朗真的好殘酷……她喜歡他的態度表現得那麼明顯，他卻一點顏面也不留給她……

本想測試一下，這段時間以來的相處，元朗對她到底有意無意，所以特地帶了Allen來。

認識多年，Allen對她一直有好感，只是她刻意保持距離，不迎也不拒，Allen家世好，外型佳，沒男友時邀他出席需要男伴的場合，也算面上有光，留著這個追求者，對她一點壞處也沒有，對女性魅力則是種加分。

今天她特意找來Allen，想要試探一下元朗看見她帶別的男人來會有什麼反應，結果他彷彿沒感覺，他看她的方式一如以往，這讓她自覺在他眼裡和一般客人沒什

麼不同……

玲雅逸出一抹苦笑。

要放棄嗎？玲雅問著鏡裡的自己。

不！她不要放棄，她想要元朗，她打從心底想要這個男人，她不要認輸！

玲雅深吸一口氣，調整好心情後，推開化妝室的門，回到咖啡館裡。

玲雅才剛坐下，兩杯咖啡正好送上來。

Allen端起藍山咖啡，小啜一口後，面露驚喜。

「這是真正的藍山！回甘，毫不酸苦。」Allen大讚，「真難得！可以喝到真正藍山咖啡的店不多見了，通常一般的咖啡廳考量到成本，不供應一杯三、四百元的純藍山，或是以藍山混合其他咖啡豆冒充，今天能喝到原汁原味的藍山，我覺得很感動。」

「謝謝。」對於讚美，元朗只是回以一笑。

「我就說吧！這家店和別家不同，現在相信了吧？」玲雅得意地接口。

「元朗，有件事，我想與你商量。」

元朗挑了下眉，「請說。」

Allen從Louis Vuitton名片夾中掏出一張名片，放在吧枱上。

「我是SOCO百貨北區經理，是這樣的，最近本公司想擴展美食餐廳的業務，其中特別規畫增設頂級咖啡廳，以『貴婦下午茶』為賣點，因此我們請玲雅負責室內設計，咖啡廳將以法國Crillon飯店風格為基調，並且採用法國名瓷Bernardaud，搭配De Joël Robuchon的特製甜點，而關於咖啡的部分，我剛剛喝過你的咖啡，你的表現不俗，通過了我的考驗，恭喜你！我僅代表SOCO百貨，歡迎你成為我們的工作夥伴！」

Allen伸出手，以為元朗會迫不及待和他握手，但他料錯了。

「元朗？」玲雅在一旁低語，「你怎麼了？這可是個好機會……」

「抱歉，我從未『應徵』過貴公司的工作。」元朗淡漠地說。

Allen聞言傻眼。

「這是怎麼回事？」Allen轉向玲雅，神情惱怒，「是妳推薦這家店我才來的，搞什麼？」

「Allen，讓我來跟他談。」

「我沒閒工夫在這裡耗，妳談完之後到辦公室回我消息！」Allen說完，丟下一張五百元紙鈔走人。

「請等一下。」元朗忽然開口。

Allen站定，玲雅的眼睛露出一抹希望之光。

「一杯藍山三百八十元，這是找零，謝謝。」元朗將零錢放在吧枱。

Allen不可置信的瞠大眼。

「不必了！」他吼完，大步走向門口，甩門走人。

玲雅頭痛地撫額。天啊！怎麼會弄成這樣？

「元朗，你知不知道你在做什麼？你正在把一個好機會往外推！難道你不知道，這可是個擴展事業的好機會！你的咖啡將可以在SOCO百貨設點專賣，從北部開始，說不定可以擴及全台，這可以帶來多大的利潤……」

元朗冷冷地瞬了她一眼，那一眼令她住了嘴。

「妳這麼做，是什麼意思？」

「我只是想幫你！」玲雅急了，「如果能進駐百貨公司，就可以接觸到更頂級的客層！一杯藍山你甚至可以賣到六百元！我認為你應該有更大的發揮空間，而不是僅僅守住這家小店而已——」

「我不需要頂級的客層，我只願為那些真心喜歡的人煮咖啡！」元朗冷道：「魏小姐，我沒有賦予妳權力來規畫我的人生，希望妳不要搞錯了！」

「我不是要規畫你的人生，我只想幫忙……」

「誰要妳這麼做？」元朗垂眸望著她，眼神如冰，「妳以為妳了解我嗎？」

「或許我不夠了解你，但我相信沒有人甘於平凡！人都是往上爬的！元朗，你既有本事創造比這家店營業額多數倍，乃至十數倍的利潤，可以賺大錢的事，何樂而不為？」玲雅不懂，這麼好的機會，為何他就是不領情？

「不要以為所有人都擁抱妳那一套價值觀，並不是每個人都將賺錢視為人生首要目標！」元朗冷嘲。

玲雅簡直不敢相信，她為他掏心掏肺，費盡心思，而他不但不感動，還諷刺她！

「怎麼？難道你覺得談錢俗氣嗎？」被拒絕得這樣徹底，玲雅的眼眶紅了。

元朗冷笑一聲，「我只覺得，人生在世，如果把所有的時間都用來賺錢，那到底人生算什麼？我只想做我喜歡的事。」

「太可笑了！你說你喜歡的事，難道就是窩在這個小咖啡館裡，煮一輩子咖啡嗎？」

「魏小姐，妳知道為什麼我要開咖啡館嗎？」

玲雅深吸了一口氣，才問出口：「為什麼？」

「因為我深愛的女人喜歡喝咖啡，就只因為這樣。」他笑了一下，「我想，這種感覺，妳大概不能體會。」

「你的女友，我認識嗎？」一股衝動，讓她終於忍不住問出口。

「這間咖啡館就是因她而命名的，難道還不夠明白嗎？」

一切……都已證實了。

她真傻！她到底還在期待什麼？

原本以為，幫助他、讓他的事業一飛沖天，讓他少不了她，他就會愛上她。真

傻……原來一切都是她一廂情願。

這輩子，她從未如此愛一個人，愛到全心全意，只為他設想，可是這男人卻不屑一顧，將她的感情視若敝屣！她從未被任何人、任何事打敗過，但為了元朗，她付出那麼多卻像是拋向大海，她覺得自己敗得徹底，心痛到沒有任何知覺。

淚水奪眶而出，玲雅提起包包，傷心地跑出怡然咖啡館。

怡然咖啡館的對街，站著一個躊躇的身影。

今天，好像沒有看到玲雅的紅色BMW……怎麼辦，要進去嗎？

自從與元朗交往後，怡文就不曾再踏進咖啡館，尤其是幾天前，元朗還為此生了氣，可是，萬一她進去了，玲雅隨後也來，兩人碰上了怎麼辦？

「還是回去好了……」

怡文正要離開，不意看見一名女子從咖啡館奔出來，掩著臉像在哭泣一樣。

當那名女子抬起頭，對上她的視線，怡文吃了一驚——

是玲雅！

魏玲雅看見站在對街的怡文，她幽怨的眼神頓時轉為憤恨。

當綠燈亮起，玲雅踩著高跟鞋走向怡文，那冰冷、憤怒的眼神，與高跟鞋敲擊地面的聲音，教怡文不由自主的想逃，但來不及了，玲雅已經站在她面前，居高臨下的睥睨著她。

「既然來了，怎麼不進去？」

怡文愣了下。

「為什麼不進去？那是妳男朋友開的店不是嗎？」

她知道了？她一驚。

「對，我知道了。」玲雅雙手環胸，「算一算，你們交往起碼三個月了，妳真會保密，連我都被蒙在鼓裡！」

「對不起……」玲雅責備的口氣，讓她下意識的道歉。

「對不起？妳為什麼要道歉？難道妳覺得妳做錯什麼嗎？」玲雅嘲諷道。

怡文咬住下唇，其實，她也不知道自己為什麼要道歉。

「玲雅……或許我不該隱瞞妳，但我只想說，愛情是不能退讓的，我已經喜歡元朗好久了，我無法將他讓給妳……」

「妳胡說！明明是因為我先表明喜歡，妳才要跟我搶！」

怡文搖頭，「愛情這種事，不是意氣之爭，而是兩廂情願，半點也勉強不來的——」

「妳夠了吧？」玲雅冷冷地說：「不要對我說那些鬼話，我一個字也不想聽！」

「玲雅……」

玲雅的臉上，驀地浮現一抹飄忽的笑。

「我真是錯看妳了，妳口口聲聲說我們是朋友，但是妳對我這朋友卻不曾說過真心話！更過分的是，妳明知道我喜歡元朗，卻完全不想和我公平競爭，暗地裡耍詭計，橫刀奪愛……貝怡文，妳是我見過心機最重的女人！」

玲雅憤怒的控訴，像一記又一記的巴掌般，打得怡文的臉色慘白，明明氣溫有二十八度，她卻覺得好冷好冷。

「玲雅，妳聽我解釋……」

怡文要去拉玲雅，卻被她揮開。

「我根本不想聽妳解釋！妳以為發生了這些事以後，我還會相信妳嗎？別欺人太甚了！」

挺直背脊，忍住眼淚，玲雅伸手招來一部計程車。

她坐進車裡，降下車窗對怡文冷道：

「我這輩子不會原諒妳，我會要妳付出代價，因為這是妳欠我的！」

計程車載走了魏玲雅，但她怨毒的眼神，卻像個無形的詛咒，令怡文無法自制的發起抖來……

第八章

「怡文，妳的臉色不太好。」

怡文下意識的摸摸自己的臉。

「有嗎？」

「妳這幾天很沉默，而且常發呆。」元朗不放心地問：「身體不舒服嗎？」

「開車應該好好注意路況，怎麼注意到我的臉上來？」怡文故意開玩笑，想要扯開話題，但元朗沒被她輕易唬攏過去。

前方紅燈亮起，元朗緩緩踩下煞車，這才轉頭望向怡文。

「最近工作太累嗎？還是有什麼煩心的事？」

平常兩人工作都忙，上班時間為下午兩點到晚間十點，若想要去哪裡走走，也只能選在早上。

這天，元朗說要帶她去探望剛傳出懷孕喜訊的妹妹元歆。

怡文曾聽元朗說過，他的父母自從退休以後，便從喧鬧的台北搬至埔里小鎮養老，元家二老身體尚稱硬朗，一有空閒便與三五好友相偕出遊，日子過得非常愜意，一些老人家怕寂寞所以太黏兒女的「症頭」從未在二老身上發生過。

元家二老南遷後，元朗在台北就只剩下元歆這個至親，兄妹倆感情一直很好，即使元歆出嫁後，兩人仍保持密切的聯絡。

元歆與丈夫在東區一同經營烘焙屋，起先只是一家普通的麵包店，但因為手作蛋糕與小甜點漸漸闖出名氣，經由美食節目的介紹與網路上建立的好口碑，近年已轉型為下午茶餐廳，也接受飯店或餐廳的訂單；當然，「怡然咖啡館」亦是其中之一。

「店裡最近是比較忙，但我不覺得累，你別擔心。」

她不想讓元朗知道她與玲雅間發生的事，更不希望他為她擔心。

元朗沉默了下，彷彿還想說什麼，但終究什麼也沒有說。

「那就好。」

綠燈了，元朗將視線調回前方，平穩地將車子駛入車流中。

片刻後，元朗將車子駛入忠孝東路旁的一條小巷內。

這裡地處鬧區，但進入小巷後，卻彷彿將喧囂隔開，是頗為安靜的住宅區。

元朗帶她進了一幢大樓，乘了電梯上五樓。

五樓以電梯為中心，區隔為左右兩戶，元朗走向電梯右側，按下電鈴。

叮咚～～

鈴聲響罷，大門幾乎馬上被打開，門內，是一張佈滿笑意的清麗臉龐。

「歆歆。」元朗含笑低喚。

「哥！好久不見！」元歆熱情地抱了抱元朗。

「這是怡文。」元朗為兩人介紹，「怡文，這是元歆。」

「妳好，我是元歆，我哥終於肯讓我見妳了，我可以叫妳大嫂嗎？」元歆笑吟

吟地問。

「啊？」怡文一愣，臉蛋登時炸紅。

「歆歆！」元朗拿自己妹妹沒轍。

元歆吐了吐舌頭，拉開大門，「請進，家裡很亂，多多包涵喔！」

怡文隨元朗換了鞋，走入屋裡，發現屋內窗明几淨，空氣中還泛著絲絲甜味。

她注意到客廳小几上，放了一幀合照，元歆依在一名粗豪男子的身旁，笑得非常燦爛，這名男子想必是她的丈夫。

「大熊呢？」元朗問。

「他得看店、送貨，所以沒辦法陪我招呼你們。他呀！自從得知我懷孕之後，他再也不肯讓我忙店裡的事，要我好好待在家裡安胎，完全把我當成玻璃人兒！」

元歆從廚房內端出甜點與水果茶來待客，嘴裡雖抱怨著，但眼底卻寫滿了幸福。

「來，貝小姐，請用茶點。」

「叫我怡文就好。」怡文看著那碟有如小白花一般的精緻甜點讚嘆，「好別致的蛋糕喔！這叫什麼？」

「叫紫粕香，我早上才做的呢！」

怡文嚐了一小口，最初是微甜的紫米慕斯在舌尖漾開，夾心部分的百香果慕斯，則帶著酸甜的餘韻，最後沁入心脾的則是百香果的芬芳。

「怎麼樣？」

「好棒，味道的層次好豐富，讓人意猶未盡呢！哦，對了，差點忘記……」連忙遞上伴手禮，「這是我準備的一點小禮物。」

「怎麼這樣客氣！」元歆驚訝地發現怡文準備了好大一袋，開玩笑道：「我看這袋子裝得下全世界了！」

「我本來沒準備那麼多，但是每次經過賣寶寶禮物的店，就忍不住進去逛一下，因為東西好可愛，所以就忍不住又多買了一、兩樣，其實東西沒有看起來那麼多，是盒子比較佔空間。」怡文不好意思地解釋。

「謝謝妳，我可以打開來看嗎？」元歆像個興奮的小女孩。

「當然。」

一旁的元朗也很好奇，怡文什麼時候準備了這些，他一點也不知道，直到今早

去她家接她時，才發現她拎了好大一個紙袋，也不知道裡面都裝了什麼，她也不肯告訴他。

元歆取出放在最上面的。

「是莫札特的CD！太好了，我正需要這個！我聽說莫札特是胎教音樂的首選呢！」元歆開心的說，「晚點大熊回來可以和寶寶一起聽。」

「妳喜歡真是太好了！」怡文鬆了一口氣，她可是挑了很久呢！

接著元歆再取出第二樣，由海水藍盒子與白色緞帶所包裝，打開後，裡面是一隻小銀匙。

「這是寶寶專用的銀匙。」怡文解釋。

元歆打開第二盒，裡面還是銀匙。

「因為不知道是男寶寶或女寶寶，所以我買了兩支，這隻上面刻了芭蕾舞鞋，是給女寶寶用的。」怡文連忙解釋。

打開第三盒，裡面是個圓形有蓋的瓷器，上面畫了隻可愛的鯨魚。

「這是用來裝寶寶乳牙的盒子，以後換牙時可以用。」怡文解釋道。

第四盒。

「這是一種玩具，搖起來會有沙沙聲，可是可能要等寶寶大一點才能玩。」怡文再度解釋。

第五盒。

「這是可以放寶寶照片的相框。」

第六盒。

「……我不知道怎麼會多這隻熊寶寶，可能是我姊放進去的，因為我隨口提過一次我在準備給小寶寶的禮物。」大姊眼光好怪，這隻全身寫滿了「G」字樣的熊哪裡好看了？表情一點也不可愛。

元歆看完了所有禮物，桌上也堆滿了盒子與緞帶。

但是，元歆的表情看起來……有些微妙，她遲疑地望向元朗，不知這份「厚」禮究竟該不該收。

元朗忍著笑，完全能理解妹妹在想什麼。

「既然是怡文的心意，妳就收下吧！」

怡文發覺氣氛好像不對，兄妹倆的眼神彷彿在交換什麼訊息，使她不由得有些慌張。

「怎麼了嗎？是不是我送了什麼不合適的東西？」她緊張地檢查著。

「怡文，這些東西真的很漂亮，可是……」元歆很謹慎的措詞。

「是不是不喜歡？」怡文看起來有些沮喪，「我問我姊該去哪裡買給小寶寶的禮物，結果她就丟一張名片給我，告訴我那家店有很多。」

早知道真不該去那家什麼「Tiffany & Co.」，應該多問問其他人意見的！

見怡文如此沮喪，元歆忙道：「不是的，我都很喜歡，只是……呃，妳送太多了，害妳破費，我很過意不去！」

怡文一聽，原來元歆不是不喜歡，只是覺得她送太多，所以臉上的陰霾頓時消失了。

「妳不要這麼說，小寶寶的東西都好可愛，我在買的時候也很開心，所以才會忍不住買個不停！」怡文笑道。

「謝謝妳這麼費心，寶寶真幸福，還沒出生就有人那麼疼他！」

「我也很期待寶寶出生後的Baby shower，我再問我姊哪邊可以買到小寶寶的衣服——」

「我哥也知道！」深怕怡文破費的元歆忙用手肘推了推元朗，暗示他配合，「不用再特意去問令姊了！真的！我曾跟哥提過幾家，他可以帶妳去！」

「對，我知道。」元朗只好配合演出。

怡文點點頭，「這樣啊！那我再拜託元朗帶我去。」

「來，喝點水果茶，這是用乾燥有機水果片和大吉嶺沖泡出來的，味道很香。」

「謝謝。」

「我冰箱裡還準備了一些水果……哥，可以請你幫個忙嗎？」元歆一邊說一邊使眼色，向哥哥打PASS。

元朗會意。「當然。」

兄妹倆一同進了廚房。

元朗斜靠在冰箱上，笑望著妹妹。

「幹嘛把我叫進廚房？」

「我真的可以收下那些禮物嗎？那些東西加總起來要好幾萬耶！」元歆低喊。

「那是她用心準備的東西，就收著吧！」

「真的嗎？可是……也太貴重了吧！最教我驚訝的是，連我這個對精品很不敏感的人也知道Tiffany和Gucci，她卻說Tiffany是一間『有賣寶寶禮物的店』……」

元朗微笑，「妳知道嗎？她曾花很長一段時間，蒐集了一套我所喜歡的絕版CD作為我的生日禮物，她想法很單純，就是考慮自己想送什麼，適不適合對方，以及是否能讓收禮物的人感到開心，跟價格毫無關係。」

「我能了解為什麼你會喜歡她，」元歆一面從冰箱內取出水果盤，一面壓低聲音說道：「哥以前的女友清一色是豔光四射到令人眼睛發痛的類型，都很美，可是……好像也就只有這樣。相處的時候，覺得對方好像沒有任何感情，開心或不開心，感覺都好空泛，喜歡或不喜歡，也只是客套而已，但怡文是一個非常『真』的人，有點像孩子，是用自己真實的感情在面對這個世界，這很少見。」

這世上絕大部分的人，都因為太害怕受傷了，所以早就學會了戴上假面具來偽

裝自己，不怎麼表露感情。有時候，元歆都不免覺得這世界像一場假面舞會，大家虛應來虛應去，鮮少有真心。

「我曾以為自己歷練了很多，但遇見她之後，我才明白過去從沒愛過，只是荒唐。」

「那就快點把人家娶進門啊！」元歆沒好氣的說：「這樣的珍寶，不快點宣告所有權，是要等別人來搶嗎？」

「再過一陣子吧！我們雖認識四年了，但交往卻是最近幾個月的事，我不想催促她。」

「我可是很期待和她成為妯娌呢！」元歆說完後，將整盤水果交到元朗手裡，「好了，密談完畢，咱們回客廳吧！」

元朗笑看了妹妹一眼，依言端了著水果盤回客廳。

「嘩，這麼多！」怡文發現盤裡的水果，竟有七、八種之多，排列得非常美觀。

「多吃點，不要客氣。」元歆殷勤招呼，「我先生說，要多吃水果補充維他

命，寶寶才會健康漂亮。」

「知道性別了嗎？」元朗問。

元歆聳聳肩，「還不知道。我和大熊都覺得健康就好，不管是男孩女孩我們都很高興。」

「知道自己懷孕了，是什麼樣的感覺呢？」怡文好奇的問。

「當我知道自己的肚子裡懷了所愛的人的寶寶，我覺得很幸福，非常幸福，就好像再也沒有遺憾了。」元歆滿足的笑道。

「大熊的反應呢？」元朗問道。

「他呆了一分鐘，才跳起來高興得亂吼亂叫，然後打給所有親戚朋友說他要當爸爸了！」

大家聽了，全笑了起來。

這時，怡文的手機響起。

「抱歉，我接個電話。」

怡文拿起手機，走到一旁，談了一會兒後，手機忽然重落在地上。

「怎麼了？」元朗發現她的臉色非常蒼白。

「我接到玲雅的姊姊打來的電話，」怡文竭力保持鎮定，但她發現自己的聲音在抖，「她說，玲雅吞藥自殺了……」

元朗凜容，「她現在怎麼樣？平安嗎？」

「她說……玲雅想要見你。」

怡文隨元朗驅車趕往醫院。

在車上，怡文的眼皮直跳，交握的雙手冰冷而顫抖，她的腦中，盡是前晚玲雅猙獰的面孔，衝著她冷冷說道——

「我這輩子不會原諒妳，我會要妳付出代價，因為這是妳欠我的！」

怡文沒想到，玲雅真的這麼做了，她用如此激烈的手段，對她施予最殘酷的報復……真傻！難道這樣做，她就能得到她所想要的愛情嗎？

怡文望住元朗，他的面容嚴峻，嘴唇緊抿，她感覺到玲雅的自殺，對元朗也造

成某種衝擊。

她想，元朗應該是知道玲雅喜歡他的，因為玲雅幾乎每天都到咖啡館，但元朗從未對她提過玲雅的事，她也就不聞不問。但……究竟元朗是怎麼看待玲雅的？

車子很快地抵達醫院，兩人直奔玲雅病房所在的樓層。

站在病房外，怡文忽然開口，「元朗，我想……我還是不進去了……」

「為什麼？」

怡文沉默半晌，才低聲道：「因為玲雅想見的人，是你。」

元朗望住怡文，他看見她蒼白的面容下，竭力隱藏的哀傷。

於是，元朗明白了，對於玲雅對他的感情，她一直是知情的，只是放在心底，從來不過問。

「怡文，妳什麼都不要擔心，」他將她拉入懷中，環住她，給予她此時所需要的安全感，「不會有事的，妳在這裡等我，嗯？」

怡文被動的點點頭。

元朗又輕觸了下她的臉頰，才敲了敲病房的門。

「請進。」裡面傳出女子的聲音。

「我進去了。」元朗回頭道。

怡文目送元朗進去後，她在門口站了一會兒，然後默默轉身離開醫院。

元朗走進病房，迎上前來的，是一名年齡比他略長的女性，長得與玲雅有七分相像，臉色因驚懼而顯得蒼白，雙眼因哭過而明顯浮腫。

「請問，你就是元先生嗎？」

「我是。」

「我是玲雅的姊姊，明雅。抱歉……發生這樣的事，我不得不打電話給你的女朋友，拜託她請你過來一趟，這是玲雅醒來後唯一的要求，所以我無法拒絕……」

「我明白。」

「她在等你，你們慢慢談，我不打擾你們。」明雅輕聲說完，安靜地離開病房，將空間留給他們倆。

元朗拉開簾子，看見躺在病床上的玲雅——

她虛弱的躺在病床上，臉色青白，手上吊著點滴，腕上纏著繃帶，向來明豔照人的玲雅，此刻像朵枯萎的玫瑰，令人不忍卒睹。她才剛洗完胃，此刻非常虛弱，喉嚨也還因為劇烈的催吐而疼痛著。

當她看見元朗，無血色的唇牽動出一抹笑容。

「你來了！」

她試著伸長手，想要握住元朗，但他站得不夠近，她碰不到他，元朗冷眼看著她的努力，不肯絲毫遷就。

最後，玲雅乏力地放棄了。

她意識到元朗的到來，並不是為了給予她安慰。

「我在酒裡加了安眠藥，還割了腕，以為一定死得成，偏偏……我姊姊提早回家，將我送醫……世事難料，不是嗎？」玲雅自嘲的說。

元朗望著她，以及她手上的繃帶，目光深沉難辨。

「我姊告訴我你要過來之後，我一直在猜，你會以什麼表情來到我病床邊，我心底忍不住盼望……如果你能顯露出一點點擔心，或是不忍，讓我感覺你對我至少

是有一點點在乎的，那也值得了……但是，你還是這麼冷漠……」

元朗漠然的態度刺傷了她的心，淚意模糊了玲雅的視線。

「這輩子……我這輩子從沒這麼愛過一個人，以前我不喝咖啡的，為了你，我讓自己習慣喝咖啡、甚至找資料充實咖啡的知識；因為不想讓你的才華被埋沒，所以我向SOCO百貨提案，希望能幫助你擴張事業版圖……我為你做了那麼多，甚至遠超過怡文所能付出的，我比她更愛你，可是你卻看也不看我一眼……」

玲雅掩著臉，委屈地哭了。

「開出價碼。」元朗忽然開口。

「什麼？」

「開出價碼，」元朗的目光冰冷，說出的話更令人心寒，「我要付出多少代價，才能回報妳的感情？」

玲雅錯愕，不敢相信他竟說出這種話。

「為什麼露出那種表情？妳認為我在侮辱妳嗎？」

「難道不是嗎？」玲雅悲憤道：「我付出的感情，難道是金錢可以衡量的

嗎?!」

她都已經為他自殺了，他卻想用錢擺平一切，這男人難道沒有心嗎？

「妳雖說妳的感情是不能用金錢衡量的，但此刻妳對我做的事，難道就不是一種追討嗎？」

玲雅一怔。

「妳為了我，強迫自己去習慣喝咖啡，去了解相關知識，去向百貨公司提案……妳為我做了這麼多，可是，妳這麼做背後是有目的的不是嗎？妳擅自做了這些事，然後一廂情願地認為妳為我『付出』了，妳的付出並非毫無所求，而是建立在妳期望我回報的基礎上。

「如果我不能按照妳希望的方式回報妳的愛，妳就認為我辜負妳、我虧欠了妳，所以妳才想以死報復。玲雅，妳的愛是功利的，一旦付出了，就講求回報，和那些股票投資客沒有兩樣，對妳而言，愛情只能是一門穩賺不賠的生意，這樣，妳還能說，妳的感情是不能用金錢衡量的嗎？」

元朗的口氣是平淡的，毫無指責之意，但字字句句卻是如此犀利。

「誰的愛情不是這樣？」玲雅白著臉瞪住他，「為一個人投入了感情，原本就會有所期望，希望對方也能愛我，這樣想有什麼不對？所有人都是這樣的！」

「我不知道那樣對不對，但我很懷疑，這就是所謂的『愛情』嗎？」

元朗平靜地回視玲雅微慍的目光，繼續說道——

「我以為愛的本質應該是單純的，一個人對另一個人付出感情應該是心甘情願的，單純的因為喜歡而喜歡，難道不是這樣嗎？妳擅自對我付出，然後又以此來向我索討人情、要求我對妳的付出回饋，我倒是很想反問妳一句：為什麼妳付出我就一定得接受？為什麼我必須為了我根本不需要的感情對妳負責任？」

這句話，像一支利箭，狠狠穿入她的心臟。

天！他待她好殘酷！非但不曾憐憫，還否定她的感情，他夠狠！

強忍住心痛，玲雅尖銳地質問：「元朗，你的付出如今有了回報，當然能說得那麼輕鬆！我很好奇，如果今天怡文並不愛你，你還能站在這裡對我說這些唱高調的話嗎？」

愛一個人卻不求任何回報，只是一則虛妄的神話！除非是傻瓜，否則沒有人付

出了愛卻不渴望對方的回饋！誰會無條件的對一個不可能回報自己的人好？絕不可能有這麼愚蠢的事！

元朗聽了玲雅的話只是笑了一下——那是一抹很輕，很悲憫的笑。

「妳知道嗎？我等了怡文四年，曾經，我也以為我必須一直等下去，因為相愛原本就是一件奇蹟，我從不敢奢求。但我並不覺得痛苦，對我而言，有個愛戀的對象是件幸福的事。

「我為她開了咖啡館，每天等待她的來臨，這些她都不知道，直到現在我也不曾告訴過她。怡文對愛情並不敏感，但我甘心等她，我從不催促她面對我的感情，我希望由她自己發現並回應，而不是因為我的催逼。」

「如果，她一直沒發現呢？難道你不會有怨言？」玲雅再問。

元朗微微一笑。

「如果等待到了最後是一場空，她最後愛上了別人，我也不怨任何人，因為愛她是我心甘情願的，是我的選擇，我甚至會祝福她，感謝那個給予她幸福的男人。我不要她因為我暗戀了她四年而心懷愧疚，更不要她懷抱著回報的心情與我交往。

因為我知道我要的是什麼——我要的是她的真心，而不是她的回報，如果她是基於回報而和我在一起，那麼我寧可不要。」

玲雅震撼了。

她從未想過這些，也從未有過這樣深刻而純粹的感情。

對她而言，所謂的愛情，只是一種本能的吸引，合則聚，不合則散，只有在單方面想努力抓住這分感情時，才需要動用心機。

這世上的人，大多不能抗拒別人對自己的好，因為貪戀別人對自己的好，毫無節制地收取，直至那分好意變成了一個巨大的枷鎖，回報變成一種不得不為的義務，最後兩人再也負荷不了為止，而愛情——卻早已蕩然無存。

「你說得倒容易……但我的感情怎麼辦？」她的雙眼因忍淚而通紅，哽咽地低喊：「我真的很愛你！我從沒有這麼愛過一個人，愛得這樣遷就、這樣沒自信……當我知道我不可能擁有你的時候，我絕望得只想死……」

「玲雅，妳以為妳愛我，其實那是妳的錯覺。」

「我愛你，那不是錯覺！」這句話幾乎擊倒了玲雅，她頓時激動了起來，「你

可以不愛我，但你不能否定我的感情！」

「妳甚至不了解我，憑什麼說愛我？來自外表的迷戀，並不是愛情。」

元朗從旁邊的小几上抽來一張衛生紙，放進她的手心，低語：

「如果妳真正愛上一個人，妳會將對方的感受放在自己的感受之前，妳不會忍心選擇自殺，讓妳所愛的人永遠揹負十字架；如果妳真的愛一個人，妳會真心的希望對方幸福，就算給予他幸福的人不是妳——那，才是真正的愛情。」

玲雅啞然，彷彿喪失了為自己辯駁的能力。

「我走了，祝早日康復。」元朗說完，準備離去。

「你不怕這一走，我又再度尋短嗎？」玲雅的聲音在他身後冷冷響起。

元朗頓住了腳步，但他沒有回頭。

「如果妳選擇那麼做，就印證了我剛才所說的——妳只是不能接受自己付出後卻一無所獲，所以用生命脅迫我回應妳的感情而已，妳並不愛我，而是自私。」

元朗的理智，令玲雅更加崩潰，「她就那麼好嗎？為什麼你就不能試著給我一個機會？或許我比怡文更適合你！」

「怡文絕不是世界上最好的女子，但是當我和她在一起時，我感到生命因此完整。」

聽著元朗用那樣溫柔的語氣談論怡文時，玲雅臉上淚水奔流。她知道，就算再一次尋短，元朗也不可能愛她……

「我不會祝福你們的！」玲雅哽咽地說。

元朗微微一笑。

「但我們會祝福妳，玲雅，希望妳早日遇上一個珍愛妳的男人。」

走出病房，元朗以為怡文會在走廊上等他，但她卻不在那裡。

元朗拿出手機，卻又想起在醫院裡禁止使用手機，所以快步走出醫院，在門外撥了號。

「您所撥的電話目前關機中。」

關機？

元朗的心裡隱隱不安。

他取出鑰匙，直奔停車場，片刻後，他開了車往貝家的方向馳去。

怡文到家時，剛過晚餐時間。

「二小姐，今天怎麼這麼早就回來了？元先生呢？他沒跟妳一起來嗎？」陳媽笑吟吟的迎上前，卻被怡文有些蒼白的臉色嚇一跳。「天啊！妳的臉色好難看，發生什麼事了？」

怡文搖搖頭。

「我只是覺得有點累……我想睡一下。」

「還沒吃晚飯吧？我馬上去準備——」

「不用了，我還不餓，待會兒再吃……」

怡文走進自己的房間，放下包包，脫了鞋，直接倒頭就睡。

不知過了多久，有人進來她的房間，輕輕地拍了拍她。

「怡文？怡文？醒一醒……」

怡文覺得有人在喚她……好像是大姊的聲音，可是忽遠忽近，感覺很模糊，她

想睜眼，卻睜不開，她覺得好熱，好難過，彷彿自己是烤架上的一塊肉片……

「元朗來找妳，現在就在客廳，妳要不要起來一下？怡文……天哪！怡文，妳在發燒！」

怡文只聽到這一句，便又昏睡了過去。

迷迷糊糊中，她彷彿作了很多夢。

她看見玲雅，穿著合身套裝，姿態妖嬈地坐在怡然咖啡館裡，那個她最常坐的位子上，一面喝著咖啡，一面與元朗說話。當她想要走近，玲雅卻忽然放下杯子，走了過來，然後伸手用力將她推開，當她爬起，玲雅便又再推，看見她仆跌在地的樣子，玲雅高聲地笑了起來……

然後，畫面一變，忽然來到玲雅與她攤牌的那一天——

「明明是因為我先表明喜歡元朗，妳才要跟我搶！」

玲雅指著她破口大罵著：

「我真是錯看妳了，妳口口聲聲說我們是朋友，但是妳對我這朋友卻不曾說過真心話！更過分的是，妳明知道我喜歡元朗，卻完全不想和我公平競爭，暗地裡耍

詭計，橫刀奪愛……貝怡文，妳是我見過心機最重的女人！」

不！不是這樣的！

「我這輩子不會原諒妳，我會要妳後悔竟敢這麼對我，因為這是妳欠我的！是妳欠我的！」

不要！不要！求求妳，不要做傻事！

接著，畫面再度一變——

玲雅躺在浴缸裡，渾身赤裸，而手腕上的血，染紅了浴缸裡的水，玲雅的眼茫然大張著望住天，像是不甘心。

「啊——不要！不要！」怡文尖叫著，崩潰地啜泣起來，「天啊！為什麼？為什麼……」

夜裡，元朗一聽見怡文的尖叫，便從躺椅上爬起，飛奔到床邊，點亮床邊的閱讀燈。

「醒醒！怡文，那是夢，那是夢，妳在作噩夢！」

怡文滿面驚懼的淚痕，整個人蜷縮起來劇烈地發著抖，但她沒有醒來。

她發燒到四十度，整個人神智不清，昏昏沉沉，且睡且醒，在無夢與噩夢間掙扎著，分不清現實與夢境。

元朗抱住怡文，貼著她依然發燙的身軀，心如刀割。

君頤請了醫生外診，醫生卻查不出任何原因，他給怡文打了退燒針，也半強迫地灌了藥，但仍斷斷續續發著高燒。

沒有人知道怡文為什麼會生這樣的急病，但元朗知道怡文為什麼病倒。

玲雅自殺的事，對怡文衝擊太大，她太過善良，將玲雅的尋短全歸咎於自己，強烈的罪惡感將她擊倒，高燒不退。

「怡文，快醒來……不要用折磨自己來贖罪，放過自己，那不是妳的錯……」

元朗無助地抱著病弱的怡文，貼著她燒紅的頰，驚覺到自己和怡文同樣脆弱。

他這一生從未懼怕過什麼，但這一刻，他真的害怕自己會失去怡文。

「元朗？」君頤的聲音出現在門口。

元朗抬起頭，望向貝君頤。此刻的他一臉疲憊，眼底佈滿血絲，下巴冒出了鬍碴，看起來非常落拓。

「你去客房休息，我來照顧怡文。」君頤說道。

元朗卻更加抱緊了怡文，堅定的搖頭。

「不，我要在這裡。」

「你已經守在這裡三天了，再這樣下去，倒下的會是你！」

「我撐得住的，拜託……讓我留在這裡。」元朗已經疲於爭論，但他的態度再堅定不過──沒有任何人能將他從怡文的身邊拉開。

君頤知道勸不動他，這三天以來，元朗不肯回家，累了就在怡文房內的躺椅短暫地睡一下，醒來後又繼續陪著怡文，他不管他的店，也不回家，還是君頤強迫他交出家裡的鑰匙，親自將阿拉比卡送到寵物旅館去。

「明天一早，怡文若仍不退燒，我決定將她送到醫院去。」君頤說出了她的決定。

元朗點點頭。

君頤離開怡文的房間，她在沙發上坐下，頹然掩面。

然後，身旁的電話響起，君頤下意識地接起。

「喂？」

「君頤，怡文退燒了嗎？」

聽見電話彼端傳來的聲音，不知道為什麼，使她感到一陣強烈的心安，一股莫名的淚意，忽然奪眶而出。

「還沒……」她忍淚說道。

「妳呢？妳還好嗎？」

「還好……」

「『還好』是個很籠統的答案，別替我省電話費，多說一點，不然教我怎麼安心？」他沒好氣地再問：「妳吃過晚飯沒？」

「晚飯？」君頤彷彿此刻才想起這件事。

「怎麼？現在都快九點了，妳還沒吃晚餐嗎？」對方一聽，立刻火冒三丈地開罵，「搞什麼鬼?!妳以為自己是無敵鐵金剛嗎？怡文現在病著，妳不吃飽怎麼有力氣陪她奮戰？要是妳也垮了怎麼辦？」

君頤聽著他在電話彼端火爆開罵，她眼眶裡蓄滿了淚，唇際卻是笑著的。

這個嘴巴很壞的傢伙，表達關心的方式總是這麼激烈。

「你現在人在哪裡？」

「……東京。」悶悶不樂的聲音。

「什麼時候回來？」

「明晚八點的班機。」聲音更悶了。

君頤閉了閉眼。還要將近二十四小時……

「我……很想念你。」君頤脆弱的低語。

她很少說這種話，可是，她現在沒有力氣偽裝。

電話彼端，一片岑寂。翻騰激越的情緒，無法以言語傳達。

「明天我一下飛機就去找妳，妳乖，先去吃飯。」他柔聲勸哄著。

「嗯。」

收了線，君頤拖著疲憊的步伐走向廚房。

陳媽見君頤滿臉是淚，不由動容，放下正在熬煮的雞湯，走上前去，給這個貝家女主人一個充滿母愛的擁抱……

窗外的曙光，驚擾了元朗的淺眠。

他才睜開眼，幾乎就馬上清醒了，掀開身上的薄被，小心地移至床邊，用耳溫槍確認怡文的溫度。

四十度。

他睡前為她量過一次體溫，那時是三十八度，經過了三小時，她又開始發燒了。

元朗坐在床邊，為她換了一片退熱貼，然後輕撫她紅通通的臉蛋，眼神哀傷。

「怡文，妳要折磨自己到什麼時候？快點醒來……」說完，他抓住她單薄的肩膀，開始搖晃她，「醒來！快醒來……」

怡文仍不曾睜開眼。

「妳一定要這樣自我懲罰嗎？要把自己折磨成什麼樣子才覺得足夠？」

他咬緊牙根，強忍住幾欲潰決的眼淚，抱住她，將臉埋入她發燙的頸窩中。

老天！他該怎麼做？他到底要怎麼做才能讓她醒來？

忽然，元朗像是明白了什麼，抬起頭注視著在病中掙扎的怡文，低啞地開口——

「怡文，妳沒有傷害到任何人，玲雅的事不是妳的錯，妳不需要覺得自責或內疚。如果和我在一起，會使妳懷有罪惡感，那麼，只要妳醒來，我願意……」元朗的聲音哽了一下，他狠狠閉眸，才又接續說道：「我願意離開……」

只要能讓她停止自責，要他做什麼他都願意。

半小時後，怡文的高燒退了。

醫生宣布她已經穩定下來，不必送醫院，只等她從昏睡中清醒，好好進食補充養分。

當天中午，怡文自昏睡中清醒。

怡文自清醒後，不曾再見到元朗。

第九章

「我替『鉛字館』請了一個工讀生，暫代妳的工作，妳現在身體還很虛弱，這陣子妳先別煩惱其他事，安心把身體養好要緊。」

怡文一面喝著雞湯，一面聽著君頤說話，對於大姊的決定，怡文沒有異議。

「謝謝。」

君頤看著妹妹因大病一場而顯得蒼白而削瘦的小臉，心裡止不住的心疼。

為了謹慎起見，怡文醒來後，君頤仍堅持要送怡文到醫院做健康檢查，初步檢查結果出爐，除了因發燒的關係，白血球指數較正常值高出一點點之外，報告數據

皆顯示正常，這場莫名的大病竟找不出原因。

難道，真如元朗所說的，是心理壓力所引起？

病癒後，怡文始終沒有問起元朗。

曾經是那麼緊密的結合，心與心的連繫，怡文真是因為對玲雅懷有罪惡感，所以選擇與元朗分開嗎？

君頤沒有開口問，「元朗」二字此刻就像個禁忌，在怡文完全恢復健康之前，她不敢冒險，如果那是怡文此刻最深的痛，她不覺得自己有資格去翻弄。

怡文喝完了雞湯，君頤將湯碗收走。

「要不要再喝一碗？」

怡文搖搖頭。

「氣象預報說，今天的天氣很好，妳有沒有什麼打算？」

怡文望了望窗外，真的，已經是十一月中旬了，秋季的末尾，要享受這樣溫煦的天氣，得再等到明年的春天。

「也許我會出去走走。」

病後一星期，這是怡文第一次主動說要外出，真是個好現象。

「去走走也好，雖然天氣挺好的，不過還是記得加件外套再出門。」

「嗯。」

君頤退出房間前，怡文忽然喚住她。

「姊。」

「什麼事？」君頤停下。

「謝謝妳。」她真心誠意地道謝，這陣子以來，真的麻煩她太多了！

君頤笑了，「要謝我就快給我胖回來！」

怡文低頭看看自己，難為情的笑了。

真的，瘦了一大圈呢！快變成紙片人了。

怡文走出家門，沒有目的的閒逛著。

沒有一定要去哪裡，也沒有趕著往哪裡去，但不知為什麼，當她再度停下來

時，來到的卻是怡然咖啡館。

有別於平日的高朋滿座，今日的咖啡館空無一人，大門深鎖。

怡文驚訝的走上前，看見門上貼著一張紙條。

「暫停營業

怡然咖啡館　啟」

她看了下日期，已是一星期前。

怡然咖啡館的停業，對她而言，就如同失去了一個寄託般悵然。

怡文撫摸著門邊的鑄鐵店招，忽然，與元朗過去在店裡相處的點點滴滴湧上心頭——

「元朗，你煮出來的咖啡，簡直像是藝術品！你可要好好守住這家店，如果你哪天決定關店回去重操舊業，我上哪兒去喝這麼棒的咖啡？」

「這家咖啡館，是為了懂它的人而存在。」

「那不就是說我嗎？」

她曾是這家咖啡館最忠實的顧客，曾幾何時，它已寂寞蕭條。

「元朗，從實招來，你到底在咖啡裡面加了什麼？為什麼只要喝過你煮的咖啡，就再也離不開這間咖啡館？」

「這可是商業機密，我怎麼能洩漏？」

「噢！別這樣嘛～～」她盧著他，「我們都認識這麼久了，你就透露一點口風嘛！」

「是『想像』。」

「想像？」

「每當我在煮一杯咖啡的時候，我就想像我正和我愛的女人做愛。」

「做……愛?!」

「在烘焙這些咖啡豆的時候，我想像我正和它們戀愛，我拿捏它們的分寸，揣測它們的溫度，發揮最大的耐心，想著要怎樣和它們相處，才能讓它們展現最美的滋味與風情。」

曾經，他倆是如此親近，如今，吧枱後那個專注於煮咖啡的身影已不復見，連抹餘香亦不復存。

「元朗，我們來跳舞！」

「妳醉了是不是？」

「才沒有！快點，別躲在吧枱後面，出來出來！」

她拉著元朗，在無人的咖啡館中央輕舞著。

「元朗……我不懂，為什麼愛神的金箭老是繞過我？你說，我會不會是被丘比特給遺棄了？」

「妳想太多了。」

「你又知道了？」

「妳的幸福已經在前面等妳，只是妳還沒有發現而已。」

想起他望著她時的溫柔目光，怡文的視線驀地模糊，淚如泉湧。

其實，在大病的那段日子裡，她知道是誰在看顧她，夜裡，當她被噩夢驚醒，總有一雙溫柔的大手撫慰著她，聽著他低喃著安慰的話語，平復她驚恐的心情，直到她再度沉沉睡去。

然而，當她越依賴元朗的輕哄，入睡後的夢境就更加可怕。元朗對她越溫柔，

夢裡的玲雅就越憤怒，自殘的手段也就越凶狠，那些血腥的畫面，令她逃無可逃，避無可避，她的夢像是永無止境的煉獄，令她心力交瘁。

她好怕醒來，也好怕昏睡，更怕的是介於睡與醒之間，那種不知身在何處的茫然與無助。

在病中，她曾聽見元朗反覆對她說，玲雅的事不是她的錯，她沒有傷害到任何人，所以不需要覺得自責或內疚。

但……玲雅終究是恨她的不是嗎？因為恨她奪走屬於她的幸福，所以才選擇輕生。

玲雅的選擇，看起來好像與她一點關係也沒有，但對於這件事，她真的可以輕描淡寫的說一句「那是她自己想尋死，與我無關」，然後像個沒事人一樣，繼續與元朗過著快樂的生活嗎？

她原以為愛情是兩個人的事，只要兩人相愛就可以得到幸福，但為什麼卻還是有人受傷了呢？

她不知道，也沒有人可以給她答案。

元朗說，如果和他在一起，會使她懷有罪惡感，那麼他願意離開。

他了解她過不去的那個心結，不忍她深陷在罪惡感中，所以選擇放手。

元朗是如此的了解她，直至她的心靈深處；他給她的愛，是無盡的包容，他讓她明白，原來，愛並不是非要在一起不可，而是希望對方更幸福。

元朗，元朗……

她是如此的想念他，可是又不敢去找他。

起風了，西風吹落一地黃葉，她開始覺得有些冷。

怡文擦乾眼淚，戀戀不捨地再摸了摸那塊店招，最後黯然地離去……

於公與元朗有「工作上的往來」，於私身為元朗唯一的妹妹的元歆，在咖啡館暫停營業一個星期後，終於忍不住殺到元朗家。

「哥，你真打算放著咖啡館不管了嗎？」她劈頭就丟出這個問題。

「妳特地跑來，就是為了問我這件事？」元朗不禁好笑。

「到底是不是？」元歆執意追問著。

「我想……暫時擱著吧！」

「那怡文的事呢？」最近哥真的很反常！把所有事都丟下，撒手不管。

元朗輕柔地撫著窩在他腿上的阿拉比卡，淡淡一笑，卻沒有回答的意思。

「你們究竟發生什麼事了？上次你們來看我的時候，不是還好好的嗎？我知道你開咖啡館是為了她，如果不是與她發生什麼事，你是不可能放著『怡然』不管的。」

「歆歆，我和怡文的事我自會處理，妳不要為我們操心。」

「我怎能不操心？你是我哥耶！而且，坦白說，我一點也不覺得你有像在處理的樣子。」

元朗抬起眼眸，望住一臉擔心的妹妹，他的臉上首度失去自若的淺笑。

「掌握主動權的人不是我，而是她。」

聽見這話，元歆訝異地瞠大眼睛。

「我們去看妳那一天，她的一個朋友自殺未遂。」

元歆倒抽一口氣，「為什麼？」

元朗扯出一抹沒有笑意的笑，「她認為，是怡文奪走了屬於她的幸福。」

從震驚中回過神來，元歆漸漸從元朗的口中得知事情發生的始末，拼湊出整件事的原委。

聽完後，元歆搖了搖頭。

「真傻……愛情這種事原本就不能強求，就算是以生命作為要脅，得到的也只是廉價的同情，不可能是真愛啊……」這麼做不是本末倒置嗎？

「怡文卻為了她的尋短而自責，甚至生了一場大病。」

元歆詫異，「怡文怎麼會這麼想？那根本不是她的問題，為什麼要把罪名往自己身上攬？」

「因為她太單純。」

元朗伸指輕輕搔弄阿拉比卡的下巴，阿拉比卡半瞇起藍色的眸子，舒服地發出呼嚕呼嚕的聲音，繼續說道：

「飽經世故的人不會被這種事困擾，甚至不會因此而留下任何心理上的陰影；

但怡文不同，她的心思純淨無偽得像個孩子，她無法不在乎朋友的感覺，也無法忽視她的愛情曾傷害了別人的事實。」元朗輕輕的說。

怡文太純真，太善良，所以她過不去這個心結。

而這也就是為什麼玲雅會選擇自殺作為報復的理由，因為她知道，這麼做或許不能動搖他，但一定能打擊怡文，讓他們的戀情以最快速度告終。玲雅早已不在乎後果，她不能得到的，別人也休想得到。

「這種人真可怕……」元歆打了個寒顫，「哥，這時候，你更應該待在怡文身邊，告訴她，這整件事根本是那女人自找的，她想死就讓她去死，她根本不必對那種人負什麼責任——」

「然後把她變成和那些世故的人一樣？」

元歆一怔，默然無語。

說得也是，如果她這麼做，不就與其他人沒兩樣了？

怡文身上有一種很罕見的純真，這在現在已是非常少見了，有時在孩子身上亦不復見，他們已經被一種潛移默化的方式「社會化」了，但怡文卻依然保有，這就

是為什麼元朗如此珍視、呵護她的原因。

直接剝奪一個人的純真，逼他快速成長，這或許可以解決很多事，但犧牲掉的卻是比這些更珍貴的東西。

世故的人夠多了，不需要把怡文給拖下水。

「難道你打算就這樣放棄這段感情？」

「當然不會。」元朗望住妹妹，給了她一個肯定的微笑，「我相信怡文只是需要一點時間調適。」

元歆簡直要暈倒了。天呀！他說得可真輕鬆！

「一點時間是多久？如果需要很久呢？」真是皇帝不急，急死太監！

「我等。」

元歆聽完，直翻白眼。

好吧！她早就知道，自己有個非常善於等待的哥哥，他總是最能沉住氣，彷彿擁有全天下的時間，光看他為了等待怡文就可以耗上四年的時間就知道，這次他八成也會比照辦理。

但是！她和哥哥不同，與他相比，她承認自己相當缺乏耐性，她可不想在等待生產的這段時間內，為他們兩人的事在一旁乾著急。

她從小就是個毛毛躁躁的野丫頭，她是那種為了讓事情可以早點發生早點了結，不惜拿棍棒去挑釁老虎的人。

元朗看了看時鐘，已差不多是晚餐時分。

「要不要留在我這兒吃晚餐？打個電話叫大熊下班後過來我這裡。」

元歆故意打了個冷顫，半開玩笑的問：「是『你』要下廚嗎？」

元朗瞪她，「至少我的義大利麵沒那麼糟！」

「好吧！我會打電話要大熊來時順便帶一罐胃散來。」元歆笑了起來。

「謝謝妳的信任啊！」他沒好氣的說。

看著元朗走入廚房，元歆開始思索著，到底有什麼方法可以縮短等待的時間，讓這對相愛至深的戀人不再各分東西……

「怡文！怡文！」

聽見貝君頤一迭聲的喚她，怡文從房裡走出來。

「姊，怎麼了？」

「有一位元歆小姐，她說有急事必須見妳。」君頤的神情凝重，全然不似平常。

元歆？元朗的妹妹？

怡文有些疑惑，也有些意外，但仍點點頭。

「我這就下去。」

走進客聽，怡文就看見滿臉緊張之色的元歆。

「元歆？妳怎麼來了？」

「怡文，抱歉，我知道我這樣跑來很冒失，但我束手無策，我去了『鉛字館』，剛好遇見了令姊，所以我拜託她帶我來見妳……」

元歆急迫的語氣，使怡文忙安撫她，她可沒忘記元歆是個孕婦。

「沒事的，沒關係，我去倒杯茶，有什麼事妳再慢慢說……」

還倒茶？元歆傻眼。

「不，沒時間了！我擔心我哥出了什麼事……」

一聽見事關元朗，怡文的心跳彷彿漏了一拍。

「元朗？他發生什麼事了嗎？」她緊張得連聲音都變了。

「我也不知道他發生什麼事，我們每隔兩三天會互相打個電話，可是前天開始，我就怎麼也聯絡不上他，我和大熊去過他家，可是不管我們怎麼敲門都沒人回應……」

元歆一面說著，一面小心地觀察著怡文的反應，發現她的臉色越來越蒼白。

「我覺得很不安，他過去從不曾這樣。我知道最近我哥情緒很低落，連咖啡館都關掉了，怡文，我知道我沒有立場拜託妳什麼，但我真的很怕他會想不開……」

天哪！怡文感覺眼前一陣昏暗，她覺得自己忽然間像是失去了支點一樣，開始往下掉。

元朗……她不能失去元朗！

「我去找他！」

丟下這句話，怡文立刻飛奔出去。

「等等，怡文，讓我送妳過去！」元歆在後頭喊著，同時回頭看了君頤一眼，露出微笑。「謝謝妳的配合，貝小姐，若不是妳答應幫忙，事情不會這麼順利。」

「以後都是一家人，何必客氣。」君頤彎起紅唇，含笑回應。

為什麼人都是在即將失去時，才會明白對方在自己心裡的重量呢？

在元歆開車送她前往元朗家途中，怡文忍不住這麼想。

在她被罪惡感所糾纏而不敢見他的時候，元朗心裡又是怎麼想的？他是否也對她失望了？

元歆的車在元朗的日式平房前緩緩停下，在還未停穩時，怡文早已解開安全帶下車，把元歆嚇了一大跳。

「怡文，小心——」

但怡文對元歆的警告充耳不聞。

她站在熟悉的大門旁，用力地按電鈴，光按電鈴不夠，她還用力拍門。

「開門！快開門！」怡文大聲喊著，她的聲音裡，有一種瀕臨粉碎的堅毅，像紙糊出來的堅強。她拍得手掌都發紅了，卻像是沒感覺一般。

片刻後，門鎖發出一聲脆響，元朗從裡面將門打開。

當他見到怡文時，疲憊的俊容上顯露出一絲詫異。

「怡文？」然後他也看見了妹妹，「歆歆？」他皺起眉，「這是怎麼回事？」

「哥，你們好好談談，我不打擾你們了，拜！」元歆說完，丟下怡文獨自面對哥哥，然後迅速鑽上未熄火的車，一溜煙的離去。

元朗什麼也來不及問妹妹，只好將目光轉向怡文。

「元朗，你……沒事嗎？你沒有做傻事吧？」怡文焦急地撫上他的臉，他的肩，確定他好好的，全身上下毫髮無傷。

「傻事？」元朗怔了下，旋即意會了過來。

一定是元歆搞的鬼，才讓她擔心成這樣——事後他會好好跟妹妹算這筆帳。

「沒有，我很好，什麼事都沒有。」他拉下她的手，捧住她驚慌的小臉，以

自己的額頭貼住她的，「噓，怡文，冷靜下來，好好看著我——我沒事，真的沒事。」

怡文看著他，就像害怕一眨眼他就會不見那般看著他，直到確信他沒事，一顆心才終於放了下來。

沒想到，一鬆懈之後，一股淚意卻衝進了眼眶。

「元朗，我好怕你出了什麼事，而我什麼也來不及對你說……」

注意到對面鄰居好奇地張望著，元朗將她拉入懷裡。

「別站在門口，先進來再說。」他轉身為她擋去那些打探的目光，接著反手關上大門，帶她走進屋裡。

「我去給妳倒杯水——」

「不要，不要……」怡文抱著他，在他懷裡拚命搖頭，「你哪裡都不要去！」

他感覺她嚇壞了，不知道元歆到底說了什麼騙她，讓她恐懼成這樣。

「好，我哪裡都不去。」元朗抱住她，親吻她的髮心，給予她現在最需要的安全感。

當她感覺自己在他懷裡，他的溫度，他的氣息……這一切恍如隔世，卻那麼地令她安心。

這半個月以來，她不知道自己是怎樣熬過來的，玲雅尋短的事帶給她的衝擊太大，令她深深自責，她開始自我懷疑，不敢面對自己，甚至在潛意識裡懲罰自己。

她想念元朗，卻又不敢見他，因為被罪惡感所纏繞，所以選擇對他避不見面。

原本她以為，只要不見元朗，就可以減輕自己的內疚，讓自己好過一點，可是，她卻從未曾想過，被她拒於心門外的元朗又是什麼感受？她那樣排拒他，就好像當他是始作俑者，但元朗從未替自己辯解過一句話。

直到元歆告訴她元朗可能出事時，她才驀然驚覺自己竟忽略了最重要的一點——她不能失去元朗。

在她茫然無措的時候，時間依然在走，沒有人知道明天會發生什麼事。如果所愛的人不在了，那麼她的餘生，將不是只有後悔，而是不再存有任何意義。

在這世界上，若有一種怡文無法拋卻的感情，就算失去全世界也一定要保住的，就是她對元朗的愛情，就算她的愛情真的傷害了玲雅也不可能放棄。

真傻！為什麼她到現在才明白呢？

「對不起，真的對不起，元朗，請你不要生我的氣……」

雖然她的道歉來得突兀，但元朗知道她為了什麼而道歉，他的心因為她的道歉而微微發疼。

「怡文，妳不需要向我道歉，妳沒有做錯什麼。」他用最輕柔的口氣說道。

怡文抬起悽惶的眼眸，望住元朗，坦白她內心最深處的脆弱。

「我為了逃避罪惡感，所以不敢見你，只想把自己封閉起來，假裝什麼事都不曾發生，那樣我就會好過一點。我是那麼自私，只顧躲在最安全的堡壘中，全然不顧你的感受……」

元朗緩緩地搖頭，「別把自己說得這麼壞，妳只是需要時間調適，好好的整理思緒，而這一點我無法幫妳，我唯一能給妳的，就只有時間。」

「我很想見你，但是我不敢，我怕見了你，會忘記自己是奪走玲雅幸福的兇手……」她咬住下唇，羞愧地低下頭。

她的話，再一次令元朗心底抽痛。

「這陣子以來，妳一直是這樣責備自己的嗎？」她的單純令他心疼，令他湧現更多保護慾。

「我畢竟傷害了她啊！我不能假裝這一切都不曾發生……」她哽咽道。

元朗深深嘆息。

「妳沒有奪走她的幸福，就算時光倒流，我先認識了她，我也不會愛上她，我與她之間仍舊什麼也不可能發生，因為我不會是那個能夠給她幸福的人。

「怡文，妳覺得怎樣才叫作愛一個人？在我的想法裡，若玲雅真如她所言的那麼愛我，她不可能會用輕生作為報復的手段；如果真的愛一個人，絕不會忍心用這麼極端的手段懲罰對方，要對方揹負永遠的良心譴責。玲雅並不是愛我愛到不能失去，她只是不甘心，反正無法得到，乾脆全部毀去，她毫不在乎這麼做是否會令他人痛苦，她是一個不懂得愛的人，因為她愛自己更甚於一切。」

元朗的話，幫助怡文釐清了某些盲點，指引她走出了罪惡的迷障。

她盲目的相信玲雅，卻不相信自己的心？

直到此刻，她才明白自己差點因為玲雅的報復，而錯失了珍貴的感情。

長久以來，元朗在她的身邊，像個朋友般分享她的喜怒哀樂，兩人交往後，元朗包容她的一切，相信她、愛護她，雖然他不曾說出什麼纏綿動人的情話，或是驚天動地的誓言，但他用他的心，他的行動表明了一切。

世上的一切都能滋養恨，但只有美好的心靈才能滋養愛，使愛開出幸福的花朵。

在元朗的身上，她看見了什麼是「真正的愛」。

她是如此幸運，竟能擁有這樣的愛。

怡文遲疑的伸出手，想要觸摸元朗的臉，卻又畏怯地縮了回去。

元朗捉住她的手，平貼在自己的面頰上。

「元朗……」

「為什麼不敢碰我？我喜歡妳碰我。」他低下頭，兩人間的距離近在咫許，聲音低醇如酒，「我想念妳，我每天都在等著妳出現在我家門口，告訴我妳不會再懼怕什麼，我們相愛這件事，比世上所有的一切更重要。」

「元朗，這些日子以來，你……也想我嗎？」

「我也想妳嗎？」他閉眸，「妳怎麼能這樣問？每天睜開眼，我最先想到的就是妳，每夜入睡前想的也是妳，入睡後夢見的仍然是妳。不能見到妳的日子，對我來說像是無盡的黑夜，日復一日，什麼也做不了。」

他的言語，令她的心靈震顫。

怡文有些慚愧，與他給予她的愛比起來，自己對他的愛，是如此的微不足道。

「我……覺得自己好渺小，我怕自己不值得——」

一個長長的吻，封住她的未竟之語。

這一吻，有如長久跋涉的旅人，終於尋到了綠洲，滋潤了乾涸的身心。

怡文發出一聲小小的嚶嚀，張唇迎向他的入侵，她踮起腳尖，努力地想環抱住他，想要感受更多的他，元朗察覺了她的意念，輕而易舉地將她抱起，讓兩人身軀緊貼，不再存有任何縫隙，他們用自己的身體去感受對方的存在。

然後，元朗將她帶上床，注視著身下的她，那分專注的凝睇，像是會持續到永恆。

他以驚人的柔情愛她，將這段時間以來的相思，化為最具體的行動。

怡文在他的熱愛中喘息，他的擁抱與親吻點亮了她的眸，她不再憂鬱，在愛的洗沐中重獲新生。

過後——

他們仍抱在一起，品嚐這分久別重聚的甜蜜，不肯須臾分離。

元朗將一綹微濕的髮勾回她的耳後，然後溫存地吻了下她的唇。

「怡文，如果不是遇見妳，我不會知道愛是什麼，不會知道自己能為了愛一個人付出到什麼地步，是因為妳，我才能體會到比一般人更多的幸福。」

怡文的胸口因為他的話語而發緊，唇角卻勾起一抹好美好美的微笑。

「我愛你，元朗。」

尾聲

每個月的第一個星期五，是貝家的「家庭日」。

在這一天的晚上，貝家的成員們就算有天大的事，也要全部撇到一邊，乖乖回家吃團圓飯。

這一天的晚餐時分，貝家人圍著橢圓形餐桌而坐，貝家的孩子們按照排行，坐在他們從小到大不變的位置上，對面則坐著他們的另一半，而貝家的大家長貝德威，自然是坐在首座。

今天，貝德威紅光滿面，非常高興，因為他的二女兒貝怡文第一次帶了男友回

家吃飯。

神呀！這真是太感人了～～他一度以為二女兒不受月老的眷顧，先前不管他安排多少次相親，都不曾成功過，沒想到峰迴路轉，怡文竟比君頤更早修成正果！

「怡文，快幫大家介紹一下啊！」貝德威催促著，迫不及待想要認識這未來的女婿。

怡文有些羞怯，她真的很怕在大家面前講話，就算對象是家人也一樣。不過，就算怎麼怕，她還是必須將元朗介紹給家人們。

怡文從座位上站起，臉蛋紅紅的。

「呃，他是……元朗，是『怡然咖啡館』的老闆，我們目前交往中……」

「大家好，我是元朗。」元朗露出微笑。

「元朗，這位是我爸爸、大姊君頤、妹妹露琪、妹夫韓兆堂、弟弟一葦、弟妹裴樂睇……」怡文一一唱名過去。

貝一葦笑道：「嗯……其實也不必多作介紹，因為大夥兒早就認識了。」

「是呀！」樂睇笑著接口：「自從二姊說她只喝『怡然』的咖啡後，我和一葦

也忍不住跑去品嚐，有時在國外巡迴公演喝不到，還會犯癮呢！」

「原來大家都去過啊！」露琪與丈夫韓兆堂對視一眼，訝異而笑。

「怎麼都沒人跟我說？」貝德威抱怨著，「看來只有我沒喝到！」

「爸，因為你太忙了啊！」怡文勾住父親的手，甜甜地道：「改天我們一起去喝咖啡。」

「明天我會親自送到伯父公司去。」元朗很識時務說道。

「呵呵。」貝德威聞言笑開懷，對這個機靈的小子很有好感。

大夥兒熱鬧地閒聊，言笑晏晏。

「陳媽，可以上菜了。」貝德威吩咐著。

「爸，等一下啦！」露琪連忙壓低聲音道：「還有人沒到……」

這時，大家的視線，都不約而同的集中到貝君頤對面的空位子上。

「噢，我都忘了……」貝德威有些尷尬。

君頤看了一眼壁上的掛鐘，鐘上顯示的時間，使她的美眸燃起兩把憤怒的火炬。

「不必等他了！這麼多人等他一個，像什麼話？陳媽，上菜！」

忽然，電鈴響起。

位子最靠近客廳的貝一葦優雅地起身，「我去開門。」

片刻後，一抹高大的黑色身影隨著貝一葦踏入貝家餐廳。

「抱歉，我來晚了。」他首先對眾人致歉。

「你又遲到！我不是說過一定要準時嗎？」君頤拍桌站起，噴出蓄積已久的怒火。

「飛機誤點，我一下飛機就過來了。」

「你不會訂早一點的班機嗎？」君頤咬牙冷吟。

相較於君頤的怒火，來者的神情卻顯得那樣輕鬆愉快。

「我訂的就是工作結束後最快的班機啊！」

所有人見到這劍拔弩張的一幕皆屏息無語，驚訝得無以復加。

所有人都以為，大姊貝君頤交往的對象是雷明彥，沒想到今天她帶回家的，卻是另一個男子，跌破眾人眼鏡。

這出乎意料的發展，甚至令大家長貝德威失態地張大嘴巴。

有別於貝家人，元朗的唇邊揚起一抹微笑，他安適地端起桌上的開胃酒，輕抿了一口。他比在場的所有人都要早知道君頤正在交往的對象。

「快點和大家打招呼啊！」君頤對他使眼色提醒道。

「晚安，我是雷昀希，正與君頤交往中。」雷明彥的弟弟——雷昀希露出一抹迷人卻玩世不恭的笑容。

看樣子，這又是另一段故事了！

編註：欲知「幸福在一起」系列其他故事，請看——

1. 玫瑰吻416《改造我的男人》。

2. 玫瑰吻518《小姐不是好惹的》。

愛是創始

喬軒

大家秋日好！我是喬軒。

〈幸福在一起〉系列，堂堂邁入第三本，軒子終於把第一本就在一起的貝怡文與元朗送作堆了，萬歲！

其實貝怡文的故事，應是要排在貝一葦之前的，但是因為貝一葦的故事比我預期的更早趨於完整，加上怡文與元朗的個性，在內心的刻畫上需多所著墨，於是次序上就做了這樣的調動，這又是一次「計畫趕不上變化」的例證。（哈啊～～XD）

以前寫故事比較傾向愛情「形式」的探索，這次則有較有愛情「本質」的深

究，藉由書寫在回答自己「愛情究竟是怎麼一回事呢？」的問題，最近回頭去翻看自己的舊作，發現自己一路以來回答這個問題的方式和角度都不太一樣，也清楚看見自己成長（成長！好可怕的兩字！）的軌跡。

透過長久以來的書寫，我以為自己會更懂一些，但其實並非如此，因為「愛情」有一千張面孔，有時候你甚至不太能察覺它的存在，或者就當你面對它的時候，也不太能感覺得出來，當然有時它也會戴著欺世的假面具出現，而且並不好分辨。

我看著波堤切利「維納斯的誕生」、布格霍「維納斯的誕生」、提香「由貝殼出生的維納斯」，以及卡巴內爾「誕生前後」這幾幅畫作，我想起古老的希臘神話：維納斯是由大海的泡沫中誕生，所以維納斯的古希臘原文Aphrodite（阿弗洛黛蒂），就是「出自海中的泡沫」的意思。

我覺得這則神話很有趣，為什麼將掌管愛與美的女神與海的意象連結在一起？為什麼說當她回到海中沐浴，她就會回復成處子，宛如新生？

神話是一種很精鍊隱晦的語言，每一個意象都是一種符碼。

於是我想，或許回歸到「愛情」的本質，就是一種「再生」與「創始」吧？愛的瞬間就是創始的瞬間，你雖然仍是你，卻也不是原本的你了，因為愛上一個人之後，世界就與過去不同了，就連時間也不再是客觀的存在。

當然，「愛情」也具有「再生」的本質，它不一定會一直存在，也不一定會永恆的存在，所以人的一生不見得只發生一段愛情，有時和這個人分手了，愛情於是逝去，但遇到另一個人時，愛情又會重生。

Oscar Wild說：「一切都能滋生恨，但只有美好的心靈能滋養愛，愛的快樂，就像思想的快樂一樣，在於意識到它的存在，愛的目的就是愛，而愛也是這個世界上的聰明人一直在尋找的那個失去的秘密。」

當你愛上一個人，會更認識自己，我想故事裡的貝怡文與元朗就是這樣，所以元朗才會對怡文說：「如果不是遇見妳，我不會知道愛是什麼，不會知道自己能為了愛一個人付出到什麼地步，是因為妳，我才能體會到比一般人更多的幸福。」我覺得這真是一段很動人很深刻的話。

下一本書，寫的自然就是貝家大小姐貝君頤的故事了——呃，沒有意外的話

啦～～軒子常會被新冒出的點子吸引，不過我會努力忍住……忍住……（握拳貌）

喬軒閒扯淡，下回書中見啦，掰～～

喬軒的e-mail：tkclover@yahoo.com.tw

傻傻惹人愛

玫瑰吻 549 R O S E K I S S

作　者‧‧‧‧喬 軒
編　輯‧‧‧‧李靜美
出 版 者‧‧‧‧希代多媒體書版股份有限公司
玫瑰吻
連絡地址‧‧‧‧114台北市內湖區洲子街88號3樓
網　址‧‧‧‧longyin.com.tw
電　話‧‧‧‧(02)27992788
電　傳‧‧‧‧(02)27990909
劃撥帳號‧‧‧‧50007527
戶　名‧‧‧‧希代多媒體書版股份有限公司
出版日期‧‧‧‧99年10月第1版第1刷

國際書碼‧‧‧‧978-986-6213-52-6
香港總經銷‧‧‧全力圖書有限公司
地　址‧‧‧香港新界葵涌打磚坪街58-76號
和豐工業中心1樓8室
電　話‧‧‧(852)2421-9103 傳真 (852)2420-3936